KB264244

인생을 여유있게 볼 수 있는 100가지 비결

# 인생의 즐거움을 발견하는 법

人生 愉しみの見 つけ方
by Yoshinori Kawakita
Copyright ©1995 by Yoshinori Kawakita, All rights reserved
Original Japanese edition published in 1995 by PHP Institute, Inc.
Translation Copyright ©1997 by Jeyoung Communications
This Korean edition is published by arrangement with Yoshinori Kawakita
through Japan Foreign-Rights Centre/Imprima Korea Agency

인생을 여유있게 볼 수 있는 100가지 비결

# 인생의 즐거움을 발견하는 법

지은이 · 가와기타 요시노리(川北義則)

옮긴이 · 장경룡

개정판 2쇄 펴낸날 · 2000년 1월 28일

개정판 1쇄 펴낸날 · 1998년 10월 26일

초판 1쇄 펴낸날 · 1997년 3월 25일

펴낸이 · 김승태

표지 디자인 · 김주연

영업 · 김석주

펴낸곳 · 예영커뮤니케이션

등록번호 · 제2-1329호(1992.3.31)

110-616 서울 광화문우체국 사서함 1661

(유통·사업부) T. (02)830-8566  F. (02)830-8567

(편집부) T. (02)2264-7211  F. (02)2264-7214

E-mail: jeyoung@chollian.net

ISBN 89-85313-09-6

값 7,500원

■ 잘못 만들어진 책은 언제든지 교환해 드립니다.

인생을 여유있게 볼 수 있는 100가지 비결

# 인생의 즐거움을 발견하는 법

가와키타 요시노리(川北義則)지음

장경룡 옮김

예영커뮤니케이션

인간은 누구나 다 괴로운 일은 피하려 하고, 싫은 일은 하려고 하지 않는다. 될 수 있으면 한평생을 즐겁게 살아가고 싶어 한다.

옛날부터 '즐거움(樂)이 있으면 괴로움(苦)이 있다.'느니, '길흉화복(吉凶禍福)은 마치 꼬아 놓은 새끼 같다.'느니 하고 말해 왔다. '길흉화복…'이라는 말은, 인생은 재앙과 행복이라는 두 가닥이 합쳐져 새끼처럼 꼬아져서 이뤄지는 것이라는 비유이다. 재앙을 당하거나 행복을 누리거나, 즐거움이 있으면 괴로움이 있는 것이 바로 인생이라는 의미의 말이다.

정녕 그런지도 모른다. 하지만 될 수 있으면 일생 동안 즐거움만 누리면서 살고 싶다. 괴로운 일이나 재앙은 겪고 싶지 않다. 그것이 우리의 본심일 것이다. '즐거움'이라는 글자는 아무래도 '고락(苦樂)'의 '고(苦)'까지도 상상하게 한다. 그래서 이 책에서는 굳이 '낙(樂)'이라는 글자를 쓰지 않고, '유(愉. 기뻐할 유)' 자를 써서 '즐거움'을 나타내기로 했다. 그럼, 일생을 즐기면서 살려면 어떻게 해야 하는가? 이것은 사실 생각하기 나름이다. 조금만 생각을 바꾸면 인생은 즐겁게 살 수 있다. 그 생각 바꾸기의 힌트를 모아 놓은 책이 바로 이 책이라고 생각해 주기 바란다.

흔히 하는 얘기지만, 사막 한가운데서 물통에 물이 절반밖에 남아 있지 않을 때, "이젠 절반밖에 물이 안 남았다."고 생각하느냐, "아직도 절반이나 남아 있다."고 생각하느냐에 따라 생사가 좌우된다고 한다. "아직도 절반이나 물이 남아 있으니까 괜찮아. 어떻게든 살 수 있어." 하고 믿는다면, 꿋꿋이 살아 나가고자 하는 기력이 용솟음쳐서 사막을 끝까지 걸어갈 수도 있다. 이러한 생각이 최근에 흔히 말하는 플러스 발상(發想)이다.

예를 들면 플러스 발상을 하면, 인생은 항상 좋은 쪽으로 향하게 된다. 사실, 어느 의사의 말에 의하면, 플러스 발상을 하면 뇌 속에서 $\beta$-엔도르핀이라는, 마약 속에 들어 있는 모르핀 같은 호르몬이 분비되어 기분이 좋아진다고 한다. 플러스 발상의 효과가 의학적으로도 증명된 셈이지만, 한 가지 귀찮은 것은, 이 플러스 발상은 습관적으로 하지 않으면 안 된다는 것이다. 왜냐하면 인간이라는 것은 어떤 트러블이 발생하면 무의식 중에 나쁜 쪽으로만 생각해 버리는 것이 예사이기 때문이다. 따라서 플러스 발상은 의식적으로 그렇게 생각하는 습관을 몸에 지닐 필요가 있다.

유대의 속담에 지독한 것이 있다. 오른팔이 잘리거든 왼팔이 남아 있으니까 괜찮다고 생각하라. 왼팔도 잘리거든 다리가 남아 있으니까 괜찮다고 생각하라. 양 다리도 잘리거든 목이 잘리지 않아서 다행이라고 생각하라.

참으로 강렬한 플러스 발상이지만, 만일 실제로 이런 일을 당한다면, 보통 사람은 우선 비탄에 잠겨, 도저히 목이 잘리지 않아서 다행이라고 생각하지는 못할 것이다. 그래서 플러스 발상은 평소에 의식적으로 그렇게 생각하는 버릇을 들이는 일이 중요하다.

누구나 다 생각하는 평범한 사고 방식으로는 인생은 즐거워지지 않는다. 현실적으로는 괴로운 일도 많고 지겨운 일도 많기 때문이다. 그렇다면 어떻게 해야만 플러스 발상을 할 수 있는가? 그렇게 하려면 평소부터 발상을 전환하는 버릇을 들여 두는 것이 좋을 것이다. 요컨대 어떻게 머리를 유연하게 만들어 두느냐 하는 것이다.


인생의 즐거움을 발견하는 법

초등학교에 갓 들어간 어린이가 어머니한테서 이런 말을 들었다.

"이젠 학교에 다니게 됐으니까, 알겠지? 종이 울리면 수업이 시작되고, 다음에 종이 울리면 수업이 끝나는 거야. 늦으면 안 된다."

그러자 어린이가 반발하면서 대꾸했다.

"엄마, 그게 아니야. 종이 울리면 노는 시간이 시작되고, 다음에 종이 울리면 노는 시간이 끝나는 거라구."

어린이의 입장에서 보면, 재미없는 수업보다는 친구들하고 어울려 와글와글 떠들면서 즐길 수 있는 노는 시간이 더 자기를 충실하게 해준다. 어머니의 입장에서 보면, 학교는 공부하러 가는 곳인지 모르지만, 어린이에게는 뭐니 뭐니 해도 노는 시간이 즐겁다. 입장이 다르면 같은 종 소리도 완전히 다르게 들리는 법이다. 때로는 그런 어린이의 입장이 되어 발상을 바꾸는 일이 인생을 즐기는 요령이다. 이 책을 읽은 다음에는 꼭 그런 습관을 들이기 바란다.

끝으로, 이 책을 쓰는 동안에 PHP 연구소 제1출판부의 다쓰

모토 기요타카(辰本淸隆) 씨의 도움을 많이 받았음을 밝혀 둔다.
진심으로 감사해 마지않는다.


헤이세이(平成) 7년 여름

가와키타(川北)

# 차례

## Ⅱ. 시간을 넉넉하게 쓰는 방법

# Ⅰ. 즐기는 데에도 기본이 있다

## *1*. 노는 기분으로 일하자


일과 놀이를 확연히 구분하려는 사람이 있다. 그런 사람이 지닌 놀이에 대한 관념은, 일이 으뜸이고 놀이는 버금인 경우가 많다. 확실히 일이 겹쳐서 놀고 있을 때가 아닌 경우도 있으므로, 이렇게 구분하는 것을 일방적으로 부정할 수는 없으나, 인간이 사는 목적은 특별히 일을 하는 데 있지 않다는 것만은 잊지 않는 게 좋다.

전체적으로 보아 일본인은 노는 데 서투르다. 또 놀이와 일을 지나치게 구분해서 생각한다. 놀이가 으뜸이고 일이 버금이 되어도 전혀 상관이 없다. 그 증거로는, 일을 잘 하는 사람은 일을 일이라고 생각지 않고 있음을 들 수 있다. 놀이라고 생각하는 사람도 있다.

"취미는 무엇입니까?" 하고 물으면 "일입니다." 하고 대답하는 사람이 있는데, 그 사람은 별로 농담을 하는 것도 아니고 잘난 체하는 것도 아니며, 마음 속으로 정말로 그렇게 생각하고 있는 사람이다. 인생을 최고로 즐길 수 있는 방법은 일과 놀이가 일치하는 데 있다. 에디슨은 고생을 한 것 같으면서도 사실은 한평생 연구실에서 놀고 있었던 것처럼 보이는 사람이다.


즐기는 데에도 기본이 있다

소니를 창업하던 시기의 스태프나 사장이었던 혼다 소이치로 (本田宗一郎) 씨도 모두들 아주 기뻐하고 즐거워하면서 일에 몰두하고 있었던 것같다. 실제로 하고 있는 것은 일이지만, 마음속에는 놀고 있다는 기분으로 가득차 있다. "일하자, 일하자!" 하고 생각하면 머리가 굳어져서 창조적인 일을 할 수는 없다. 옛날부터 전해져 내려오는 말은, '잘 배우고 잘 놀아라.'이다. 이 말을, '공부를 했으면 나가 놀아도 좋다.'고 해석하는 것은 잘못이다.

공부의 능률을 올리기 위해서도 놀이는 없어서는 안 된다. 놀이를 즐겁게 하기 위해서 공부도 필요하다는 말이라고 생각한다.

최근에는 기업이 놀이를 중요하게 여기기 시작했다. 사원에게 업무 이외에 어떤 취미나 특기가 있느냐고 물어, 그것을 업무에 반영하려 하고 있다. 피아노를 칠 수 있다든지 서예 1급의 자격증을 가지고 있기도 하다. 혹은 골프 싱글, 일본 무용을 잘 추는 유명한 무용가, 이러한 사람에게 특별 수당을 지급하는 직장도 있다는 말을 들었다. 더욱더 기술을 익히라는 의미이다.


인생의 즐거움을 발견하는 법

　어째서 이런 일에 회사가 집착하느냐 하면, 정보화의 진전으로 말미암아 지금 가장 많이 요구되는 소프트 분야의 발상은, 종래의 업무를 효율성 있게 처리하는 능력만으로는 아무래도 충분치 않기 때문이다. 특히 기억 중심으로 되어 있는 일본 교육의 시스템은 소프트 개발에 적합하지 않아서, 이 분야만은 미국에 맞설 수 없는 형편이다.

　노는 마음에서 생각나는 것은 『낚시 미치광이의 일기』〔니시다 도시유키(西田敏行) 주연으로 영화화〕라는 만화이다. 그 주인공은 회사의 일상 업무에는 별로 도움이 되지 않지만, 사장의 의식 혁명을 실현한 장본인이다. 간부와 동등한 월급을 주고 싶을 정도로 회사에 공헌하고 있다. 그러한 타입의 사원을 많이 고용하고 있는 회사가 앞으로는 발전한다.


즐기는 데에도 기본이 있다

## 2. 계속하는 것이 일을 즐기는 요령이다

사람이 일을 하는 것은 '먹기 위해서'라는 것이 일반적인 통념이다.

그래서 '일'이라는 말을 듣기만 해도 어쩐지 중압감을 느끼고 진절머리를 내는 사람이 적지 않다. 그런가 하면, '놀이'라는 말을 들으면 눈빛이 반짝거린다.

'일은 곧 괴로움', '놀이는 곧 즐거움' 누구의 마음 속에나 그런 기분이 잠재해 있다. 어린 시절에는 일을 대신한 것이 '공부'였다.

그런데 세상에는 '일이야 말로 최고로 즐겁다'고 하는 사람이 적지 않다. 이것은 옛날부터 그랬다. 고대 로마의 황제 마르크스아우렐리우스는 『명상록』 속에서 '인생의 행복은 일을 하는 데 있다.'고 했고, 『행복론(幸福論)』과 『잠 못 이루는 밤을 위하여』를 쓴 스위스의 사상가·정치가인 힐티도 '즐거움은 일을 열심히 하고 있을 때 가장 많이 생겨난다.'는 비슷한 말을 했다.

일은 인생의 3분의 1을 차지하고 있다. 나머지 3분의 1은 수면이니까, 인생을 살아가면서 하는 모든 행위의 절반은 일이라고 생각해도 좋다. 만일 그것이 진절머리난다면, 인생 그 자체가 진절머리의 연속이다. 인생을 즐겁게 살고 싶거든 일을 즐겁게 하는 것이 절대로 필요한 조건이다.

그렇다면 일을 어떻게 해서 즐기는가? 절대적인 요령 한 가지를 전해 주겠다. 그것은 '어쨌든 하는 거야' 이다. 앞에서 말한 힐티는 '기분이 나지 않는다고 하지 말고, 날마다 일정한 시간을 일에 바쳐 보라'고 권한다. 틀림없이 거기서 즐거움이 발견된다는 말이다.

다른 사람이 일하는 걸 곁에서 보고 있다가, '재미없는 일을 싫증도 안 내고 잘도 하는구나' 하고 생각할 때가 있다. 그런데 일하는 그 사람은 재미가 없는 게 아니다. 인간은 마음 속으로 싫은 일을 계속할 수는 없다. 계속하고 있는 한 반드시 거기에서 즐거움을 발견하고 있다. 억지로라도 발견해 낸다.

그렇게 되기 위해서는 계속할 필요가 있다.

인간은 습관의 동물이요, 습관은 제2의 천성이라고 한다. 개인 생활의 90% 이상은 습관의 산물이며, 그 내용으로 인생은 거의 다 결정되어 버린다고 해도 지나친 말이 아니다. 식생활의 습관이 건강에서부터 수명까지를 결정하는 것과 같은 것이다.


즐기는 데에도 기본이 있다

일도 계속함으로써 습관화 하는 것이 좋다. 습관이 되면 우선 좋고 싫고의 의식이 희박해진다. 아침 일찍 일어나는 습관도 괴로운 것은 처음뿐이고, 습관이 되면 그것이 당연한 것이 된다. 그리고 다음에는 여러 가지 즐거움이 솟아난다. 장벽이 되어 있는 것은, 그런 습관이 없을 때 상상하는 이미지이다.

날마다 졸리는 눈을 비비면서 아침 여덟 시에 일어나는 사람이 두려워하는 것은 이른 아침 다섯 시에 일어날 때 지독하게 졸릴 거라는 이미지이다. 상상 앞에서 지레 겁을 먹고 아무일도 하지 못한다. 그러니까 '어쨌든 하는 거야.'라는 마음이 필요하다. 거기에는 아무런 이유도 조건도 없다. '공포가 두려워서 달아나면 그 공포는 두 배로 늘어나지만, 공포에 맞서 대항하면 그 공포는 절반으로 줄어든다.'고 한다. 이것은 상상하고 있던 것이 변화해 감을 잘 설명한 말이다.


인생의 즐거움을 발견하는 법

## 3. '적당히' 야말로 즐겁게 사는 요령이다

암에 걸리기 쉬운 사람은 고지식한 사람이다. 특히 다른 사람에게 신경을 쓰는 타입, 주위 사람으로부터 '좋은 사람'이라고 높이 칭찬받는 사람일수록 암에 걸려 쓰러진다. 이전에 후지텔레비전 아나운서였던 이쓰미 마사타카(逸見政孝) 씨 같은 사람은 그 전형이라고 할 수 있을지도 모른다.

어째서 좋은 사람이 암에 걸리는가? 스트레스를 발산할 수 없기 때문이라고 한다. 라벨(레테르) 효과라는 것이 있다. '저 사람은 이러이러한 사람'이라고 남들이 레테르를 붙여 주면, 그 사람은 무의식 중에 그 레테르에 어울리는 행동을 하게 된다.

좋은 사람이라는 레테르가 붙으면, 그 사람은 좋은 사람을 연출하지 않으면 안 된다는 마음이 우러나게 된다. 물론 그 사람이 좋은 인품을 지니고 있으니까 그런 레테르가 붙겠지만, 인간이란 언제나 좋은 사람일 수만은 없다. 때로는 "개새끼, 까불지 마!" 하고 호통을 쳐주고 싶은 때도 있을 것이다.

보통 사람은 이 정도의 낙차(落差)를 겉으로 나타내지만, 좋은 사람 중에는 꾹 참아 버리는 사람도 있다. 그렇게 하면 스트


즐기는 데에도 기본이 있다

레스가 쌓인다. 스트레스가 쌓이면 몸 안에서는 몸에 해로운 호르몬을 분비한다. 최근에 그러한 사실을 알게 되었다. 또, 활성산소라는 유전자를 건드려 발암을 촉진하는 독물이 생성된다. 그래서 암이 되기 쉽다.

여기서 인생을 즐겁게 사는 한 가지 요령을 알 수 있다. 너무나 좋은 사람이 되어서는 안 된다는 것이다. 그렇다고 악한 사람이 되어서도 안 된다. 나는 제3의 선택지로서 '적당히'라는 것을 목표로 삼아야 한다고 생각한다.

'적당히'라는 말은 칭찬하는 말이 아니지만, 목욕탕에 들어가서 "탕물이 뜨거워요?" 하고 물으면, "예, 아주 적당합니다."라고 대답하는 경우도 있는 것처럼, 반드시 나쁜 의미로만 쓰이는 말은 아니다. 남으로부터 "저 녀석은 적당히 하는 놈이야."라는 말을 듣는 사람치고 실제로 사귀어볼 때 즐거운 것은, '적당히' 하는 가운데에 남을 편안하게 해 주는 뭔가가 있기 때문이다.

상대방이 너무나 빈틈없이 하고 있으면 이쪽에서도 대비 태세를 갖추게 된다. 서로들 버티고만 있으면 피곤해진다. 어디를 뜯어봐도 좋은 사람이지만, 별로 사귀고 싶지 않은 사람은 적당


인생의 즐거움을 발견하는 법

히 하는 면이 없는 사람이다.

"그들은 거짓말을 마구 해댔다. 그들은 길흉과 관계 있는 것에 꽃을 장식했다. 그들은 작은 새를 곧잘 길렀다. 그들은 약속 시간보다 종종 늦게 갔다. 그리고 그들은 헤프게 웃어댔다"(미시마 유키오(三島由紀夫)의 『아름다운 별』중에서). 우리 지구인의 특성을 잘 드러낸 예문이다. 적당히 하는 면이 있으니까 인간은 사랑스러운 존재이다. 적당히 하는 면이 없으면 인생을 즐길 기회가 영원히 찾아오지 않을지도 모른다.


즐기는 데에도 기본이 있다

# 4. 사람은 좋아하는 일을 하기 위해서 태어났다

어쨌든 인생은 바쁘다. 날이면 날마다 뭔가 할 일이 있고, 그것을 처리하고 있는 사이에 어느틈엔지 나이를 먹어 간다. 어쩌다가 그러한 자기를 돌아다 보고, "대관절 내가 뭘하고 있는 거야?" 하고 의문을 느끼는 경우도 있을 것이다.

'인간의 일생은 참으로 덧없는 것. 하고 싶은 일을 하고 살아야 하느니.' 이 말은 『하가쿠레(葉隱)』를 쓴 야마모토 쓰네토모(山本常朝)가 한 말이다. '무사도(武士道)란 죽는 일임을 알았노라.'라는 말을 한 바로 그 사람이 이런 말도 남겨 놓았다. 나는 이 말 속에 인간이 태어난 참다운 목적이 있다고 생각한다.

자기가 하고 싶은 일을 하면서 살아간다. 이렇게 즐거운 일은 없다. 누구나 다 그렇게 하기를 바란다. 하지만 '원하지만 좀처럼 그렇게 할 수 없는 것이 현실'이라고 느끼는 사람이 많으리라 생각한다. 그러나 곰곰이 생각해 보면, 거의 대부분의 사람은 자기가 좋아하는 일에 한결같이 전념하고 있지 못한 것은 아닐까?

그것보다도, 자기가 무엇을 좋아하는지조차 모르고 있는 듯한


인생의 즐거움을 발견하는 법

느낌이 든다. 사회에 나와서 일에만 쫓기다 보면 어느 틈엔가 사회를 움직이는 부품 같은 존재가 되어, 자기라는 것이 어디론지 사라지고 만다. 자기를 상실하면 살아 있는 보람이 없다.

이것은 어디선가 들은 얘기인데, 어느 성공한 사업가가 주치의를 빈번히 찾아가게 되었다. 볼일이 없는데도 불쑥 들어와서는 좀처럼 돌아가지 않았다. 그러고 있는 사이에 스스로 푸념을 늘어놓았다.

"선생님, 나처럼 불행한 놈도 없을 거요."

"천만에요! 난 당신이 부러운데요."

이런 대화를 하고 있는 사이에 알게 된 것은, 이 사업가가 정말로 진절머리를 내고 있는 것은 일이었다. 몸도 별로 이상한 데는 없고 사업도 순조로우며 계획도 잔뜩 서 있다. 돈도 얼마든지 들어온다. 이젠 한평생 놀고 먹어도 다 쓰지 못할만큼 많은 돈이 있는 재산가다. 세상 사람이 모두들, '나도 저런 팔자가 된다면 얼마나 좋을까!' 하고 생각하는 그런 사람이다.

다만 이 사람에겐 자기의 사업이 마음에 들지 않았다. 좋아하는 일이라면 진절머리를 내지 않겠지만, 좋아하지 않기 때문에,


즐기는 데에도 기본이 있다

사업이 잘 되면 잘 될수록 자기 모순을 느끼게 되었다. 오히려 성공해 버린만큼 마음의 균열은 한층 더 깊어졌다.

이대로 간다면, 지금은 건강한 몸이지만, 병이 들거나 명이 짧을 거라고 그 의사는 나에게 귀띔해 주었다. 만일 이 사업가가 정말로 그렇게 된다면 본인에게는 참으로 보람없는 인생이 되고 말 것이다. 그렇다면 어떻게 해야 좋을까?

지금 하고 있는 사업에서 당장 손을 떼고, 자기가 좋아하는 일을 하면 된다.

"그 사람은 아마도 그런 길을 택할 겁니다." 하고 그 의사는 말했다.

샐러리맨은 자동적으로 손을 뗄 수 있는 정년이라는 기회가 있다. 정년 이후에는 절대로 '자기가 좋아하는 일을 하면서 살아가야' 한다.


인생의 즐거움을 발견하는 법

## 5. 우선 웃는다. 그러면 즐거워진다

중국에 '일노 일로(一怒一老), 일소 일약(一笑一若)'이라는 말이 있다. 한 번 화내면 한 번 늙어지고, 한 번 웃으면 한 번 젊어진다는 말인데, 지금까지 이 말은 단순히 심리적인 것이라고만 해석되어 왔다. 그러나 최근에는 의학적으로도 이 말이 옳다는 사실이 증명되어 있다.

인간은 화를 내면 뇌 속에서 어떤 종류의 호르몬이 분비된다. 노르아드레날린이 대표적인 예다. 이와는 반대로, 웃으면 분비되는 호르몬도 있다.

엔도르핀이라는 것이 그 대표적인 것이다.

호르몬은 생리 작용을 전달해 주는 것인데, 필요한 곳에 가서 '이런 일을 하라'고 뇌의 명령을 전달한다. 호르몬에 의해서 생리 작용이 일어나는 것이다.

그러므로 어느 호르몬이나 다 필요한 것이고 필연적인 것이지만, 그것이 신체에 도움이 되느냐 해가 되느냐 하는 건 저절로 분명해진다.

화를 냈을 때 나오는 호르몬은 생체에 유독해서 몸을 노화(老化)시킨다. 웃을 때나 기분이 좋을 때 나오는 호르몬은 사람을


즐기는 데에도 기본이 있다

기분 좋게 해준다. 좋은 기분은 몸 전체에 작용하여 생리적으로
는 몸을 젊어지게 한다고 한다. 이밖에도 웃음은 몸 안의 조깅
이라고 말하는 사람도 있다. 잘 웃는 사람은 조깅한 것과 같은
정도로 육체를 쓴다고 한다. 이것은 운동생리학적으로도 바른
관찰이다. 스트레스를 해소하는 효과도 크다. 오스트리아 태생
의 캐나다 생리학자이자 스트레스 학설의 권위자인 한스 셀리에
는 억지로라도 웃기를 권했다.

우습지 않지만 억지로 웃으면 뇌 속에서 분비하는 것은 기분
을 좋아지게 하는 물질이므로, 얼마 안 가서 정말로 웃을 수 있
는 기분이 된다고 한다.

이와는 반대로, 일부러 화내는 흉내를 내더라도 화는 치밀어
오른다. 그러니까 즐겁게 살고 싶거든 웃으면서 사는 것이 제일
이다.

여성이 남성보다 수명이 긴 것은 세계 어느 나라에서나 같은
현상이라고 하는데, 오래 사는 이유가 '여성은 남성보다도 웃기
를 잘 하니까' 라는 견해도 있다. 일본인은 잘 웃을 줄 모르는
국민이라고 한다. 웃음이 적다고는 생각지 않으나, '하, 하, 하'


인생의 즐거움을 발견하는 법

하고 웃는 개방적인 웃음은 적을지도 모른다.

　외국도 역시 나라에 따라 웃음의 성질이 상당히 다르다. 미국, 영국, 프랑스, 독일, 이탈리아 등의 국민이 웃는 웃음은 모두 미묘한 차이가 있다. 일본에서도 간사이(關西) 지방의 웃음과 간토(關東) 지방의 웃음의 성질은 분명히 다르다. 그러나 그런 점을 꼬치꼬치 캐기보다는, 어쨌든 좀더 자주 웃도록 마음을 쓰는 편이 훨씬 더 중요하다. '웃는 집에 복이 온다(笑門萬福來)'는 중국 속담은 이러한 진리를 잘 드러낸 말이다.


즐기는 데에도 기본이 있다

# 6. 오래 살려고 하지 말고 우선 현재를 즐긴다

오래 사는 기술이나 방법에 관해서 쓴 책이 잘 팔리고 있다. 그 책들 속에는 그럴듯한 내용이 쓰여 있다. 하지만 인류가 탄생한 후 오늘날에 이르기까지의 꿈인 늙지도 않고 죽지도 않는 '불로불사(不老不死)'가 실현되었느냐 하면, 그런 이야기는 눈꼽만큼도 찾아볼 수 없다. 지금 팔리고 있는 책들 속에 '장수하는 비결은 이미 다 나와 있다.'는 것이다.

오래 사는 비결은 간단하다. 배는 80%만 채우고, 몸을 움직이며, 근심 걱정을 하지 않는다. 이 세 가지를 지키면 된다. 이런 말은 옛날부터 전해져 내려왔다. 그것을 현대의 장수법은 과학에 의해서 구체적으로 증명해 보이고 있을 따름이다. 좀더 놀라운 것이 있다. 실제로 수명은 조금도 늘어나지 않았다는 사실이다.

수명이 늘어났다고 생각하고 있었던 것은 착각이었다. 생물로서의 인간의 수명은 지금이나 옛날이나 변함이 없다. 가장 오래 살아 보았자 120세 전후가 인간의 한계 수명이다. 옛날에는 전염병이 퍼지거나 전쟁이 일어나거나 위생 관리가 잘못되었거나


인생의 즐거움을 발견하는 법

해서 일찍 죽는 사람이 많아서 한계 수명에 이르렀던 사람이 드
물었다. 비록 드물기는 했지만 한계 수명에 도달한 사람이 있기
는 있었다.

지금은 의료가 발달하고 먹을 것도 풍부해서 좀처럼 사람이
죽지 않게 되었다. 그래서 한계 수명에 도달할 가능성을 지닌
사람도 그만큼 많아졌다. 단지 그런 정도일 뿐이다. 수명 따위
는 조금도 늘어나지 않았다. 그럼에도 불구하고 최근에는, 어린
이가 수학 여행 가기를 즐거워하듯이, 장년기부터 노후의 생활
을 동경하여 서둘러 준비를 시작하는 사람이 있다. 그런 사람을
보고 딱하게 여겨지는 점이 있다. 먼 장래로 즐거움을 먼저 가
지고 갈 뿐이지, 영원히 즐길 수는 없기 때문이다.

인간이 누릴 수 있는 시간은 현재밖에 없다. 따라서 현재를
즐기지 않는 사람은 영원히 즐길 수 없게 된다. '먼 장래로 먼
저 즐거움을 가지고 간다.'고 하지만, 그 먼 장래란 언제인가?
언제나 먼 장래라면 영원히 그 시기는 돌아오지 않는다.

정년이 기준이라면 구체적인 계획이 되겠지만, 모든 준비를
다 갖춰 놓고 정년을 잘 맞이하고 보면 마누라가, "나 먼저 가


즐기는 데에도 기본이 있다

요. 안녕히 계세요." 하고 떠나 버리곤 한다. 그런 일도 없이 애당초의 계획대로 된다 하더라도 다음에 예상조차 못했던 현실에 부닥친다. 또 막상 그렇게 되어서는 상상하고 있었던 것과는 달리, 조금도 즐겁지 않다.

인생이란 이와 같이 뜻대로는 되지 않는다. 하지만 인생을 즐겁게 사는 한 가지 방법이 있다. 그것은 현재를 즐기는 자세를 갖추는 일이다. 현재가 어떠한 상황에 놓여있든, 그 주어진 조건 속에서,

"나는 행복하다."

"인생은 즐겁다."

하고 말할 수 있는 상태를 만드는 일이다.

어떤 방법이냐고? 비책을 전해 주겠다.

"모든 것을 긍정하고 감사하고 플러스 발상을 하라."

이다. 이렇게 사는 습관을 인생의 중년에 이르렀거든 철저히 익히는 게 좋다. 그렇게 하면 인생의 광경이 환하게 밝아질 것임에 틀림없다. 어두운 마음으로 오래 사는 것은 단지 죽지 않은 것밖에 안 된다.


인생의 즐거움을 발견하는 법

# 7. 뇌 속에서 자꾸자꾸 모르핀을 내십시오

최근에 뇌를 연구하는 과정에서 놀라운 현상을 알게 되었다고 한다. 확실한 내용은 알 수 없으나, 우리의 뇌 속에서 모르핀이 나온다고 한다. 사람의 기분이 좋아질 때의 뇌를 검사해 보면 분명히 마약과 거의 똑같은 분자 구조로 되어 있는 호르몬이 분비되는 모양이다.

제멋대로 뇌 속에서 분비되는 것이어서 경찰에 붙잡히지도 않는다. 또, 보통의 모르핀은 습관성이 있어서, 많이 사용하면 중독을 일으키지만, 뇌 속의 모르핀에는 그런 것을 걱정할 필요가 없다. 도리어 사람의 면역력을 높여 성인병을 예방하는 효과도 있다고 한다.

이런 물질이 몸 안에서 만들어진다는 것은 참으로 창조의 신비라고 해야 하겠지만, 한편으로는 몸에 좋지 않은 독성 물질도 만들어지고 있는 모양이다.

우리가 화를 내거나 긴장하거나 할 때에도, 마찬가지로 뇌 속에서 분비되는 노르아드레날린이라는 호르몬이 있다.

이 물질은 사람의 몸을 활성화하여 운동 능력을 높여 주지만, 몸 안의 물질 중에서는 맹독이 있는 것이어서, 너무 많이 나오


즐기는 데에도 기본이 있다

면 면역력을 파괴하여 암 등과 같은 성인병의 원인을 만든다. 화만 내고 있는 사람이 온화한 사람에 비해서 건강을 잃기 쉬운 것은 이 물질 때문인지도 모른다.

요컨대 인간의 몸 안에는 사람을 건강하게 하고 병을 예방해 주는 물질과, 그와는 반대로 병을 일으켜 노화를 촉진하는 물질의 두 가지가 나오는 셈이다. 그래서 문제가 되는 것은, 그러한 물질을 어떻게 해야 조절을 잘 할 수 있느냐 하는 것이다. 이러한 것을 가르쳐 준 사람은 큰 병원을 경영하고 있는 하루야마 시게오(春山茂雄) 원장이다. 그분은 나더러, "항상 싱글벙글 웃고, 무슨 일이든지 발전적·적극적으로 생각하며, 감사하게 여기는 마음을 잊지 않으면 되는 것입니다." 하고 말했다.

그렇게 하면 뇌 속에서 모르핀이 나오고, 뇌 속에서 모르핀이 나오면 몸이 건강하고 기분도 즐거워질뿐만 아니라, 면역력도 떨어지지 않는다. 인간은 나이를 먹으면 누구나 다 면역력이 떨어지는데, 그렇게 된 후에 젊음이나 건강을 유지하는 것은 마음먹기에 달려 있다.

어린 시절에는 연령차이라는 것이 별로 크지 않지만, 어른이 되면 겉모습만이 아니라 머리의 활동이나 운동 능력도 5세나 10세의 차이가 나는 것이 드물지 않다. 이 차이가 뇌 속에서 분비되는 호르몬 때문이라면, 우리는 될 수 있는 대로 화를 내지 말고, 초조해 하거나 신경질을 부리지 말고, 남들과 될 수 있는 대로 사이좋게 지내며, 무슨 일에나 감사하게 여기면서 살려고 노력해야 한다는 것을 알게 된다.

인생의 즐거움이라고 하니까, 자칫하면 돈이나 물질이나 명예 따위와 관계가 있는 것처럼 생각하는 경향이 있으나, 아무래도 인간의 신체 구조는 아무것도 없더라도 마음만 넉넉하면 충분히 인생을 즐길 수 있도록 되어 있는 듯하다. 돌이켜 생각해 보면, 인간이 이 세상에 태어날 때 빈 손 이었고, 죽을 때에도 이 세상에서 가지고 가는 것이라곤 아무것도 없다. 인생에 대해서 달통한 사람들의 생활 방식이란, 뇌 속에서 모르핀이 자꾸자꾸 나오도록 하는 생활 방식인지도 모른다.


즐기는 데에도 기본이 있다

## 8. 인생이 즐거워지는 세 가지 조건

이것은 나의 독창적인 의견은 아니다. 오사카에서 후나이종합연구소를 경영하고 있는 이색적인 컨설턴트(상담역) 후나이 사치오(船井幸雄) 씨한테서 배운 것이다. 다만, 나도 그의 의견에 완전히 동감하기 때문에 그 개략을 여기에 소개하기로 했음을 밝혀 둔다. 세 가지가 다 조금도 어렵지 않다. 누구나 즉시 실행할 수 있다. 그리고 그 효과가 뚜렷하다.

첫째는 '공부하기를 좋아한다.' 이다. 이 글을 읽고 너무나 뜻밖이라고 생각하는 사람이 많을 것이다. 난데없이 공부를 첫째 조건으로 들고 나오다니 말도 안 된다고 생각할지 모른다. 하지만 걱정할 것이 없다. 미분이나 적분을 배우는 것과는 사정이 다르다.

"공부하기를 좋아한다는 것은, 모르는 일에 대해서 알게 되는 것을 좋아한다는 말이지요. 사람이란 알면 알수록 그릇이 커집니다."

요컨대 무슨 일에나 호기심을 가지고 대하면 그만이다. 특별히 어느 분야라고 지정되어 있지는 않다. 그렇다면 누구나 다

할 수 있지 않은가?

둘째는 '솔직함(순수함)'이다.

"이것은 자기가 모르는 것, 알지 못하는 것을 부정하지 않는 일입니다. 부정이라는 것은 그릇을 쪼그라뜨리는 가장 큰 요인 이니까, 상당한 확신이 없는 한 부정하는 말 따위는 쓰지 말아 야 합니다."

남과의 대립이나 불쾌감은 쌍방의 솔직함이 모자라기 때문에 일어나는 수가 많다. 솔직하게 말할 때는 상대방도 솔직하게 나 오기를 바라는 것이 인간의 심리인데, 우선 당장에는 이쪽에서 먼저 시작하는 수밖에 없다. 내가 알기로는 무슨 일이든지 잘해 내는 사람은 인품이 좋다. 그 좋은 인품에 한 가지 공통하는 것 은 솔직함(순수함)이다. 솔직한 사람은 마음의 창문에 쓸데없는 것이 붙어있지 않기 때문에 사물이 제대로 잘 보인다. 이것이 일을 원활하게 해 나가고 있는 가장 큰 요인이다.

셋째는 '플러스 발상'이다.

"인간이 생각하는 것은 실현됩니다. 좋은 일을 생각하면 좋게 됩니다. 나쁜 일을 생각하면 나빠집니다. 그러니까 항상 좋은


즐기는 데에도 기본이 있다

일, 좋게 되기를 생각합니다.”

플러스 발상이라는 것은 인생을 쾌적하게 사는 비결이라 해도 좋다. 예를 들면, ‘나는 무능한 인간이야.’ 하고 생각하지 말고, ‘나는 유능한 인간이다.’라고 생각한다. 실패하거든, ‘좋은 경험을 했다.’고 생각하고, 실연하거든, ‘진짜 연인을 만날 기회가 왔다.’고 생각해야 한다.

실제로 어떤 일을 성취한 사람들의 경험담을 듣거나 읽고 있노라면, 깜짝 놀랄 정도로 수많은 시련을 연속해서 겪었던 사람임을 알게 된다. 그런데 그들이 보통 사람과 다른 점은, 그러한 상황 속에서도 믿어지지 않을 정도로 플러스 발상을 하고 있다는 사실이다.

“재난이 닥칠 때마다 결과적으로 그것이 닥치기를 잘했다고 할 수 있도록 노력했다.”

이것은 록펠러의 말인데, 모두들 이런 식으로 생각하고 있다. 만일 성공한 사람에게 필요한 자질, 재능이 있다면, 맨 처음으로 꼽는 것은 틀림없이 플러스 발상이다.


인생의 즐거움을 발견하는 법

## 9. 행복이라는 색안경을 끼고 세상을 보라


무엇이 옳고 무엇이 그른지 전혀 알 수 없는 시대가 되었다. 원래 인간의 판단은 객관성이 부족한 것이지만, 학문의 세계에서 최근에 이르러, '이것만은 틀림없다.'고 생각하던 것이 사실은 잘못 생각하고 있었다는 경우가 많다는 말을 듣고 보니, 도대체 무엇을 기준으로 해서 판단해야 좋을지 점점 더 알 수 없게 된다.

매스컴이 쓴 기사를 일반인은 비교적 신용하고 있다. 하지만 시대가 시대인만큼 매스컴에서 하는 말도 별로 믿을 수 없다고 생각하는 편이 좋다. 예를 들면 일련의 엔고(圓高) 소동이 그것이다. 엔고가 될 때마다 일본의 산업이 몰락하기라도 하는 것처럼 소리 높이 떠들어 대어 몇 번이나 지면이나 텔레비전 화면으로 산업계를 무너뜨렸는지 알 수 없다. 하지만 현실은 조금도 몰락하지 않고 거품 현상의 붕괴가 가져온 후유증에 대해서는 깨닫지 못하고 있다.

이런 형편이니까, 세상에 떠도는 이야기에 대해서는 사실만을 받아들이고, 나머지의 판단은 자기가 하는 수밖에 없다. 엔화(圓貨)의 가치가 높은 것은 사실이다. 하지만 엔고의 영향은 자


즐기는 데에도 기본이 있다

기 스스로 생각하는 수밖에 없다. 산업계가 회복세로 돌아선 것은 사실이다. 하지만 자기 자신에게 일어나는 일은 자기가 판단해야 한다.

그래서 어떻게 판단하느냐 하는 것이 문제인데, 이 기회에 결단을 내려 색안경을 끼어 버리는 것이 어떨까? 그것도 이상한 색안경이 아니고 행복이라는 색안경을 끼는 것이다. '나에게 일어나는 것은 모두 나에게 플러스가 되는 일이다.' 이러한 색안경이 내가 생각하는 행복의 색안경이다. 자못 달갑지 않게 여겨질지 모른다. 하지만 이 외에 어떤 수단이 있느냐 하면 이보다도 더 밝고 쾌활한 것은 없다. 이 외에는 어떤 것이든 불안이나 염려를 몰아낼 수 없다.

명예 퇴직을 당하면 어떻게 할 것인가? 노후의 자금은 충분히 있는가? 연금은 확실히 받을 수 있는가? 줄곧 병석에 누워 있게 될 때의 간병은 어떻게 되는가? 암에 걸리면 큰일인데……. 정상적으로 생각한다면 이런 것밖에 나오지 않는다. 이런 생각을 하고 있으면 기분이 우울해질 뿐이다. 나쁜 결과만 예상하고 걱정하고 있으면 정말로 걱정하고 있는 것과 같은 사태에 직면하기 십상이다. 이런 사람은 불행의 색안경을 끼고 있는 사람이다. 불행의 색안경을 끼고 있으니까 아무리 좋은 것을 가지고 있더라도 그것이 행복을 가져다 주지는 않는다. 행복으로 보이지 않는다.

행복이라는 색안경을 끼면 무엇이든지 행복의 색깔이 물들어 보인다. 엔고? 수입품을 값싸게 살 수 있으니까 좋지 않은가? 명예 퇴직? 좋지 않은가? 어차피 정년까지만 근무하기로 정해진 운명이었으니까, 일찌감치 직업을 바꿀 수 있는 기회가 와서 잘됐다. 무슨 일을 당하거나 이런 식으로 생각하면, 이상하게도 그럭저럭 뭔가가 이뤄진다. 불안하게 지내는 것보다는 금세 해답이 나오는 쪽이 확실히 행복한 편이다.


즐기는 데에도 기본이 있다

## 10. 회사는 그만두고 싶을 때 그만두면 안 된다

최근 샐러리맨의 세계에 커다란 지각 변동이 일어나고 있다. 종신고용(終身雇用), 연공서열(年功序列)이 무너지고, 이전에 '샐러리맨은 뱃속 편한 직업'이라고 노래하던 것이 거짓말처럼 들릴 정도로 상황이 급변했다. 그래서인지 '회사를 그만두고 싶다.'고 하는 사람이 속출하고 있다. 그것도 아직은 정년까지 상당히 많은 세월이 남아 있는 30대 후반이나 40대 사람 중에 많다.

그만두고 어떻게 할 거냐고 물으면, '독립해서 자영업을 하겠다.'느니, '벤처 비즈니스를 하겠다.'고 대답한다. 하여튼 '이젠 샐러리맨은 그만두겠다.'는 뜻인 모양이다.

그건 그것으로 상관없으나, 여기에도 일본인의 나쁜 버릇인 '나도, 나도' 하는 습관이 나오는 듯한 느낌이 든다. 쇼와 40년대에 탈(脫)샐러리맨 붐이 일어났는데, 수많은 사람들이 샐러리맨 생활을 그만두었다. 그 당시에는 프랜차이즈 체인이 유행했는데, 그런 시스템에 뛰어들어 독립 사업주가 된 사람이 많았으나, 대부분은 실패하여 샐러리맨으로 돌아갔다. 고도 경제 성장기였기 때문에 그래도 어떻게 되었지만, 지금은 사정이 전혀 다


인생의 즐거움을 발견하는 법

르다. 일단 그만두면 다시는 취직을 못 할지도 모른다. 그래도 그만두고 싶은 사람은 끊임없이 나온다.

다음은, 지금 그러한 기분으로 고민하고 있는 사람을 위한 충고이다.

먼저 경솔하게 행동하지 말아 달라는 것이다. 그만두는 것은 언제든지 그만둘 수 있다. 가령 지금 명예 퇴직을 앞에 두고 자존심이 상했다 하더라도 감정적으로 결단하는 일은 엄중히 삼가지 않으면 안 된다. 행동을 하는 데에는 스스로 적당한 기회라는 것이 있다. 회사를 그만두려고 할 때는 대개 '보기 싫은 놈이 있어서 그만두고 싶을 때'나 '돈벌이가 되는 일이 생겼을 때'이다. 그러나 이런 때에 그만두는 것이 가장 위험하다.

다음에, 내가 생각하는 그만두지 말아야 할 세 가지 원칙을 소개한다.

① 불우한 때에는 절대로 그만두지 말라. ―불우한 때는 기분이 우울하고, 또 운이 없는 수가 많다. 돈벌이가 될 일에도 실패할 확률이 높으므로 신중히 행동해야 한다. '그만 두라.'고 하더라도 '가만 놔두세요.' 하고 말할 정도의 용기 있는 배짱이


즐기는 데에도 기본이 있다

필요하다.

　② 사표가 즉시 수리될 것 같은 때는 그만두지 말라. ― '그만
두겠습니다.' 하고 말할 때 회사에서 좋아할 것 같은 경우에는
그만두지 않는 편이 현명하다.

　'그만두지 않았으면 좋겠다고 여길 때 그만둔다.'고 하는, 이
른바 어떤 실적을 쌓아 놓은 후에 그만두어야 한다.

　③ 단시일에 결정하여 그만두지 말라. ―의외로 많은 경우가
이것이다. 밥줄을 바꾸는 것이니까 차분히 생각해야 한다. 월급
이 작거나 처우에 불만이 있거나, 새로운 길이 좋은지 나쁜지는
알 수 없는 것이다. 대부분은 고통스럽고 고달픈 길이다. 적어
도 1년 간은 생각하라. 그런 다음에 그만두어도 늦지 않다.


인생의 즐거움을 발견하는 법

## 11. 태도를 바꾸어 느긋해지자

도시 생활자가 시골 사람을 업신여기는 것은 주로 속도가 느리기 때문이다.

도시인은 모든 면에서 속도가 빠르다. 사고, 행동, 결단, 무슨 일이든지 그렇다. 시골 사람은 모든 일을 천천히 한다. 이차이가 도시인의 비웃음의 대상이 된다.

무슨 일이든지 빨리 해야만 좋은 것은 아니지만, 세계의 어느 나라에서나 도시 쪽이 시골보다 발전하고, 또 그것이 규범이 되어 있으므로, 모든 일을 한가롭고 느릿하게 하는 쪽은 아무래도 불리하다.

이것은 신경에서도 마찬가지다. 신경은 예민한 쪽이 좋다고 한다. 둔감이라는 것은 멸시의 대상은 되어도 칭찬받는 일은 거의 없다. 하지만 예민한 신경이 그렇게 좋은 것일까? 재빠른 결단이나 반응은 그렇게 훌륭한 것일까? 인생을 즐기는 데에는 둔감한 부분을 가진 쪽이 훨씬 더 이로운 듯한 느낌이 든다.

일본의 유명한 소설가 아쿠타가와 류노스케(芥川龍之介)는 신경 덩어리라는 말을 들은 작가였다. 작가는 신경이 섬약한 편이지만, 그 중에서도 아쿠타가와는 특히 예민한 신경을 지닌 작가


즐기는 데에도 기본이 있다

였다. 감성이라고 하기보다는 날카로운 신경이 그의 감각의 무기였다. 그리고 좋은 소설을 여러 편 썼으나, 35세 때 수면제를 먹고 자살했다.

유서에는 '어렴풋한 불안'이라는 유명한 구절이 있었는데, 너무나 날카로운 신경은 이 세상을 살아가기에는 적합하지 않다는 말이다. 결벽증이 있는 사람들도 마찬가지다. 세균이 무서워서 전철의 늘어진 가죽 손잡이를 절대로 붙잡지 못하고, 변소의 손잡이는 손수건으로 싸서 돌리며, 공중 목욕탕 같은 데에는 무서워서 들어가지 못하는 사람도 가련한 존재다. 무슨 일을 하든 자유지만, 위생학적으로 본다면 결점 투성이다. 다만 그런 사람은 자신의 신경이 허락하지 않기 때문에 그러는 것이다. 심정면에서도 지나치게 민감하면 별로 좋은 일이 없다. 남이 하는 사소한 행동이나 말씨가 자기에게 날아오는 화살처럼 느껴지는 사람은 인생이 괴로워서 견딜 수 없을 것이다.

인간은 불완전한 존재이다. 미적지근한 존재이다. 모순된 존재이다. 모든 인간이 그렇다면 자기도 역시 그런 존재이다. 모든 일에 신경을 쓸 수는 없는 법이니까, '아, 이젠 그만. 될 대


인생의 즐거움을 발견하는 법

로 되라.'는 일종의 태도의 돌변을 어디선가 일으키는 것이 정
신 건강을 유지하는 데에는 필요한 것이다.

최근에 도시에서 시골로 이사를 가는 사람이 늘어났다. 처음
에는 어리둥절해지는 모양이었으나, 차츰차츰 익숙해져서 '느긋
하게 사는 것도 좋군요.'라는 편지를 보내기도 한다. 나는 그런
편지를 읽고서 안도의 한숨을 쉬고 있으려니 좀 이상하다. 그런
사람들이 한결같이 하는 말이 있다.

"내가 둔감해졌다."

라는 말이다.

즐거운 듯이 하는 그런 말을 듣고 있으면 나는 좀 부러운 생
각이 들기도 한다.


즐기는 데에도 기본이 있다

# 12. 나에게 닥치는 문제는 반드시 해결할 수 있다

예를 들면 병이난 후에야 비로소 자기가 건강할 때 얼마나 행복했는지를 알게 된다. 한쪽 팔을 다치고 나서야 비로소 양손을 쓸 수 있는 데 대한 고마움을 알게 된다. 한쪽 눈에 병이 나서 안대를 하게 되면, 두 눈을 멀쩡하게 쓸 수 있는 것이 얼마나 감사한 일인지를 절실히 깨닫게 된다.

자칫하면 우리는 이처럼 뭔가를 잃고 나서야 비로소 그것이 얼마나 소중한 것이고, 그 소중한 것의 은혜를 입고 있던 자기가 얼마나 행복했었는지를 알게 된다. 어버이의 존재가 그 전형적인 예일 것이다. 돌아가신 후 깨달아봤자 사후의 약방문이요 행차 뒤의 나팔이다.

"인간이 불행한 건, 자기가 현재 행복하다는 사실을 모르기 때문이다."라고 말한 사람은 러시아의 작가 도스토예프스키이다.

"나는 지금 완벽하게 불행하다. 병이 든데다 나이도 늙었고, 좋은 친구도 없고, 재산도 없다. 날마다 지긋지긋하게 여기면서 살고 있다."


인생의 즐거움을 발견하는 법

이렇게 말하는 사람은 사실은 제법 인생을 즐기고 있는 사람이다. 그런 푸념을 늘어놓는 것은 사치스러운 신분이기 때문이다. 도스토스예프스키 같은 사람은 아무 죄가 없는 데도 처형당할 뻔했다. 어느 사건에 말려들어 체포당한 끝에 사형 선고를 받았다. 드디어 사형 집행 날짜가 되어 형장으로 끌려나가 총살당하기 직전에 감형을 전하는 사자(使者)가 도착하여 구사 일생(九死一生) 하였다. 이와 같은 끔찍스런 체험을 하고 나면, 친구가 없는 것, 병에 걸린 것, 가난한 것, 나이를 먹은 것쯤은 아무 것도 아니라는 생각이 들게 된다. 푸념을 하거나 투덜거리고 있는 동안은 그래도 아직은 행복한 편이다.

이전에 뉴욕에서 주식이 크게 폭락했을 때, 큰 손실을 당한 어느 개인 투자가가 증권 회사의 담당자를 권총으로 쏴 죽이고 자살했다.

'난 파산당했다'고 절망했기 때문이다. 하지만 똑같은 처지를 당했으면서도 그 후에 주식이 회복하여 돈을 번 사람도 있다. 지레짐작을 하다가 완전히 실패한 경우이다.

최근에 일본에서는 자기 파산이 유행하고 있다. 사정을 모르


즐기는 데에도 기본이 있다

는 사람은, '자기 파산은 자기 파멸'이라고 생각할지 모르나, 사실은 전혀 다르다. 자기 파산은 갚을 수 없는 큰 빚을 안고 있는 사람에게는 참으로 편리하고 고마운 것이다. 면책(免責)이 인정되면 빚은 탕감되고, 입게 되는 손해라면 새로운 빚을 쓸 수 없다는 것밖에 없다.

버블 현상의 붕괴로 인해서 상당히 손해를 본 사람이 있는데, 별로 비극적인 화제가 나오지 않는 것은, "자기 파산을 해 버리 겠다."는 말을 들으면 채권자가 난처해지기 때문인지도 모른다. 한 가지 알아두면 편리한 법칙이 있다.

'나에게 닥치는 문제는 언제나 내가 해결할 수 있는 범위 안 에 있다.'는 법칙이다.

이것을 알고 있으면 어떠한 경우에 처하든지 인생을 즐길 수 있지 않을까?

## 13. 현재에 전력 투구를 해보자

　　개나 원숭이에게는 과거도 미래도 없다. 그러니까 후회도 하지 않는 대신에 꿈도 희망도 없다. 있는 것이라고는 현재뿐이다. 인간에게는 과거, 현재, 미래의 세 가지 시간이 있다. 그 때문에 때로는 후회하게 되지만, 꿈이나 희망을 품고 살아갈 수 있다.

　현재는 과거의 성적표 같은 것이다. 과거에 어떻게 살았는가의 결과가 현재이다. 지금 본의가 아닌 상황에 처해 있다면, 과거에 그렇게 될 만한 생활을 했기 때문이다. 만일 현재가 만족할 수 있는 것이라면 과거에 그렇게 되도록 노력했기 때문이다.

　현재는 과거에 의해서 뒷받침되어 있다. 그리고 현재의 생활 방식이 미래를 결정한다. 현재는 과거의 결과이고, 미래는 현재의 결과이다. 여기서 어떻게 살아야 좋은지를 알 수 있다. 현재라는 시간에 전력투구를 하는 것이 최선이다.

　현재의 자기가 어떻게 생각하고 어떻게 사느냐가 미래의 자기 모습이다. 그런데 과거의 결과인 현재의 자기에게 사로잡혀 후회하거나 혹은 나약해지거나 하는 사람이 너무나 많은 듯하다.

　과거는 먹어 버린 밥 같은 것이다. 이제 와서 어떻게 되는 것


즐기는 데에도 기본이 있다

도 아니다. 깨끗이 잊어버리고, 현재를 충실하게 해 보는 게 어떨까? 중국의 속담은 '적선지가(積善之家)에 필유여경(必有餘慶)'이라는 말이 있다. 지금 좋은 일을 많이 쌓아 두면 반드시 좋은 일이 돌아온다는 말이다. 또, 이렇게 말하기도 한다.

"좋은 일을 생각하면 좋은 일이 일어난다. 나쁜 일을 생각하면 나쁜 일이 일어난다.' 이것은 상념의 중요성을 말해 주는 것이지만, 그 상념도 현재의 자기가 마음 속으로 그리는 것이니까, 결국 우리는 현재에 승부를 거는 수밖에 방법이 없다.

무엇인가를 할 때마다 조건을 붙이는 사람이 있다.

"시간 여유가 있으면."

"돈이 생기면."

"인정해 준다면."

"하고 싶은 마음이 생기면."

하기만 하면 당장에 할 수 있는 일을 전혀 시작하려고 하지 않는다. 인생의 승부는 현재를 무대로 삼을 수밖에 없는 데도 모든 일을 뒤로 미루어 놓는다. 이것은 가장 나쁜 인생 태도다. 현재라는 시간을 아무것도 하지 않은 채 그냥 흘려 보내고 마는


인생의 즐거움을 발견하는 법

것이다. 어떤 일을 성취한 사람에게 공통된 점은 무엇인가?

그것은 결과를 묻지 않고 현재에 전력 투구를 했다는 것이다.


즐기는 데에도 기본이 있다

## 14. 즐거움은 괴로움 저쪽에 있다

　　　　　　요즘의 젊은이는 편안한 길만을 택하는 경향이 강한 듯하다. 한 가지 예를 들면, 동네에 개업하고 있는 병원 쪽이 큰 병원보다도 간호사 지망자가 더 많다. 큰 병원은 업무가 고되고, 생명이 위태로운 중환자를 돌봐 주지 않으면 안 되지만, 동네 병원의 경우에는 입원한 환자의 병의 정도도 가볍고, 업무가 편하다는 것이 그 이유이다.

경찰에서도 업무가 과중한 형사가 되려고 하는 사람이 없어 골치를 앓고 있다. 후지타 마코토(藤田まこと)가 출연하는 중년 미망인의 형사 드라마를 보고, '나도 저런 사람이 되고 싶다.'고 생각하는 사람은 적을 것이다. 신문 기자도 옛날에는 이른 아침부터 늦은 밤까지 거의 24 시간 근무를 하는 사건 기자가 동경의 대상이었으나, 요즘의 젊은이는 오히려 싫어한다.

전통적인 장인(匠人)의 세계에 후계자가 없는 것도 고달픈 수업 기간을 젊은이가 경원한 결과이다. 고통스런 일, 힘겨운 일을 싫어하는 경향은 세상이 풍요로워진 것과 관계가 있다. 그러므로 그러한 젊은이를 단지 일방적으로 비난해 봤자 소용 없는 일이다. 하지만 만일 인생을 정말로 즐기고 싶거든, 어디선가


인생의 즐거움을 발견하는 법

한동안 고통스런 경험을 해 볼 필요는 있다.

참다운 즐거움이란 고통스러움을 겪지 않으면 맛볼 수 없다. 언제나 편안히 살면서 고통스런 일은 전부 지나쳐 버리는 인간은, 언뜻 보면 즐거운 인생을 보내고 있는 것처럼 보이지만, 사실은 조금도 즐겁지 않다. 그 점을 잘 알고 있는 사람은 그들 자신이다. 그래서 고생을 모르는 부잣집 자식들은 종종 폭주(暴走)를 한다.

즐거워야 하는 데도 즐겁지 않으니까 신경질을 부린다. 그것이 폭주의 원인이 된다. 왜냐하면, 즐거움이란 상대적인 것이기 때문이다. 맛있는 걸 오랫동안 계속해서 먹고 있으면 맛없게 느껴지기 시작한다. 배가 고프면 뭐든지 다 맛있다. 이 맛의 이해하기 어려운 점은 즐거움과도 통한다.

돈이 남아돌아서 좋아하는 것을 얼마든지 살 수 있다면, 물건을 사는 즐거움이 사라져 버리고 만다. 하지만 사고 싶어도 살 수 없는 경험을 겪은 일이 있으면, 하찮은 것을 살 수 있어도 상당한 즐거움을 느낄 수 있다. 감성이 풍부하기 때문이다.

'젊어서 하는 고생은 사서도 한다.'는 속담이 있다. 아마도


즐기는 데에도 기본이 있다

요즘 세상에서는 가장 인기가 없는 교훈일 것이다. 하지만 이 속담이 지닌 의미를 곰곰이 생각해 보기 바란다. 왜 고생을 해야 하는가? 고생에는 노력이 따르기 마련이다. 이 노력이 소중한 것이다.

고생하지 않는 인간은 노력을 하지 않는다. 쓰지 않으면 근육이 쇠약해지는 것처럼, 노력을 하지 않으면 인간의 가장 소중한 감성이 메마르고 만다. 감성이 메마르면 무기력한 인간이 된다. 마음의 폐인이다. 편안한 길만을 택하는 인간은 마음의 폐인이 되고 싶어하는 사람과 같다.


인생의 즐거움을 발견하는 법

## 15. 고생을 모르는 일류 스타는 없다

최근에는 모든 장르에서 대 스타가 탄생하지 않는 게 아닐까? 옛날에는 영화 스타라고 하면 황태자 같은 존재였다. 한 번 보기만 해도 가슴이 두근거리는 미남 미녀가 있었다. 수입도 천문학적 숫자에 이르고, 신비스런 베일에 감싸여 있어서, 이 사람이 우리와 똑같은 인간일까 할 정도로 거리감을 느꼈다.

스타 부재가 잘 나타나고 있는 분야는 프로 야구다. 투수는 에가와(江川)에서 끝나고, 타자는 마쓰이(松井)에게 그런 기대가 있긴 했으나 아무래도 신통치 않다. 타자는 기요하라(清原)에서 끝날지도 모른다. 그 에가와(江川)나 기요하라(清原)도 역시 옛날의 나가시마(長嶋), 오(王), 가네다(金田), 무라야마(村山) 등과 비교하면 스타라는 점에서는 몇 단계 낮다. 정치계를 포함해서 오늘날의 일본에는 스타 부재 현상이 극심하다. 수상쩍은 신흥 종교의 교조(教祖) 주위에 젊은이나 훌륭한 지식인이 모이곤 하는 것은 스타 부재의 일반 사회와 관계가 있는지도 모른다. 어느 시대에나 일반 대중은 영웅이나 스타를 요구한다.

도대체 어째서 스타가 나오지 않게 되었는가? 나는 일본이 풍


즐기는 데에도 기본이 있다

요해졌기 때문이라고 생각한다. 풍요해지면 고생하는 일이 적어진다. 어느 장르에서나 고생하는 인간이 줄어들었기 때문에 정말로 일류 인간이 만들어지지 않게 되었다.

경영 세계에서 '인간은 한때 오줌 속에 피가 나올 정도로 배우는 게 좋다. 그런 경험을 하지 않고서는 진짜 전문가가 될 수 없다.'고 말한다. 경영의 세계에서는 혼다 소이치로(本田宗一郎) 씨나 마쓰시타 고노스케(松下幸之助) 씨나 이부카 마사루(井深大) 씨나 나카우치 이사오(中內功) 씨도 그런 경험을 했을 것이다.

뭐, 피오줌은 과장된 말이라 치더라도, 추위에 떨고 더위를 먹어 쓰러지며 목마름이나 굶주림으로 고생한 경험을 한두 번 하지 않고서는 냉난방의 고마움이나 음식의 고마움을 알 수 없다.

고마움을 모른다는 것은 즐거움을 느끼지 못한다는 말과 같다. 인생을 깊은 맛과 운치가 있는 것이 되게 하려면 고생을 피해서는 안 된다. 오히려 솔선해서 고생을 사서 할 정도의 기개가 없으면 진짜 즐거움은 느낄 수 없다.

고생이라고 하지만, 그렇게 엄청난 것은 아니다. 옛날, 메이


인생의 즐거움을 발견하는 법

저 리그에 맨틀과 머리스라는 홈런 타자가 있었다. 맨틀은 홈런도 쳤지만, 1루까지 전력 질주하기를 게을리 하지 않았다. 머리스는 홈런을 친 후에 별로 달리지 않았다. 머리스는 어쩌면 맨틀보다도 재능이 있었을지 모르지만(베이브 루스를 능가한 홈런 기록이 있다), 달리는 고생을 하지 않은 결과, 쇠퇴도 빨리 와서, 일생 동안의 기록으로는 맨틀보다도 훨씬 더 못 미쳤다. 지금 일본인의 대부분이 머리스 같은 사람이 되어가고 있지 않을까?


즐기는 데에도 기본이 있다

## 16. 고통 속의 즐거움을 알고 있는가

‘씨름판 속에 돈이 묻혀 있다.’는 유명한 말이 있거니와, 사람들은 이 말을 듣고 씨름판을 파 보려고 달려가 출랑이는 것이다. 하지만 ‘고통 속에 즐거움이 숨어 있다.’고 하면, ‘정말 그럴까?’ 하고 의아하게 여기는 사람이 있으리라고 생각한다.

즐거움이란 무엇일까? 분명히 말해서 즐거움이란, 느끼고 있을 때는 별로 즐겁지 않은 게 아닐까? 그렇기는커녕 도리어 조금도 즐겁지 않은 경우도 있을 것만 같다. 적어도 내 경험으로는 그런 것이었다.

예를 들면 복권에 당첨하면 좋을 거라고 생각한다. 1억엔짜리에 당첨하면 “이것도 사자.”, “저것도 하자.”고 상상을 하고 있을 때는 즐겁다. 하지만 실제로 당첨하면 도둑놈이 오지나 않을까 하여 무서워하거나, 어디에 쓰느냐 하는 문제로 옥신각신 하거나, 그 외에 여러 가지의 문제가 생겨 도리어 새로운 고통을 떠 안게 된다. “제기랄, 생각했던 것보다 유쾌한 것은 못 되는구나.” 하고 생각할 것이다. 나는 당첨한 경험이 없지만, 그런 기분이 되지 않을까 생각한다.


인생의 즐거움을 발견하는 법

　여기서 알 수 있는 것은, 인간은 상상의 세계 속에서 즐겼던 것만큼 현실의 세계에서는 즐길 수 없다는 것이다. 결혼 생활이라는 것도 이 범주 속에 들어갈는지 모른다. 다만, 그 대신이라고 하면 이상할지 모르지만, 상상하지 않았던 즐거움이 덧붙는 수가 있다. 이것이 뜻밖의 큰 즐거움이 되기도 한다. 그러니까 인생은 재미있는 것이다.

　또 한 가지의 즐거움. 그것은 지나가 버린 일을 회상하여 "그때는 즐거웠지!" 하고 실감하는 경우이다. 이런 종류의 즐거움은 놀랍게도 고통의 시절이기도 하다. 부호가 된 부부가 옛날의 고생하던 시절을 회상하여, "여보, 지금보다는 그 시절이 더 즐거웠잖아요?", "그럴지도 모르지." 하고 말하는 경우도 있다.

　이와 같이 즐거움이란, 눈깔사탕처럼 입에 넣으면 즉시 달디달게 느껴지는 단순한 그런 것은 아니다. 한 가지 확실하게 말할 수 있는 것은, 무슨 일을 한창 겪고 있을 때는 참다운 즐거움은 느끼기 어렵다는 것이다. 고통 속에 즐거움이 숨어 있다는 말은, 사실은 즐거운 일인데도 그것이 고통처럼 느껴지는 일이 있기 때문이다.



즐기는 데에도 기본이 있다

현재의 천하장사 요코즈나(橫綱)가 상위 랭킹에 오른 지 얼마 안 되었을 무렵에, "씨름이 즐거운가요?" 하는 질문을 받고 "즐거우면 직업이 아니죠." 하고 참으로 매력없는 말을 했는데, 이 말은 거짓말이다. 거짓말이라고 하기보다는 아직은 즐거움이나 고통의 의미를 알지 못하고 있는 것이다.

인간은 눈꼽만큼의 즐거움도 느껴지지 않는 일에는 노력을 기울이지 않는다. 고통스러울지도 모르지만, 어디엔가 즐거운 부분이 있다. 프로라고 일컬어지는 사람이 있는 힘을 다해서 노력하는 것은 고통 속에 즐거움을 발견했기 때문이다. 고통뿐이고 즐거움을 느낄 수 없다면 아직은 미숙한 단계에 있다는 증거이다.


인생의 즐거움을 발견하는 법

## 17. 화를 내어 얻을 것은 하나도 없다

"분쟁의 결말을 짓느니보다는 자제하는 편이 훨씬 더 간단하다."고 말한 사람은 로마의 철학자 세네카이다. 지금도 교도소에 가 보면 분쟁의 결말을 지은 사람이 많이 있다. 화를 내고 남하고 싸운 경우의 한 가지 귀결은 교도소에 들어가는 일이다. 교도소 안에 있는 인간의 수에 거의 맞먹는 피해자를 포함해서…….

"언제나 온건한 쪽을 택하라. 싸우기보다는 거래하는 편이 훨씬 더좋다."고 말한 사람은 석유왕 록펠러 1세이다. 그는 꽤 많이 싸운 사람이지만, 거기에서 얻은 교훈이므로, 이 말 속에는 깊은 의미가 담겨 있다.

인생이란 화나는 일이 많은 것이다. 특히 정상적인 신경을 지니고 있으면 더욱더 그렇다. 하지만 최근의 생리학은 분노의 메커니즘을 밝혀내어 이렇게 결론을 내렸다. '분노하지 않는 편이 절대로 이롭다.' 어떻게 이롭다는 말인가?

분노의 이득과 손해에 대해서 설명해 보겠다.

첫째, 화를 내면 건강을 해치게 된다. 화를 내면 뇌 속에서 해로운 물질이 분비된다. 호르몬의 일종이다. 화를 냄에 따라


즐기는 데에도 기본이 있다

의식과 행동에 대비하기 위해서 나오는 것이지만, 이것은 분명히 해로운 것이다. 끝까지 화를 내는 것은 독물을 조금씩 조금씩 마시고 있는 것이나 다름이 없다. 얼마 안 가서 신체를 해치게 된다. 스트레스가 신체에 나쁜 것과 거의 같은 메커니즘이지만, 분노는 급성 스트레스 상태라고 생각된다. 건강을 위해서는 화를 내지 않는 편이 좋다.

둘째, 노화를 촉진한다. 분노는 호르몬과는 달리 활성 산소를 생성시킨다.

활성 산소는 호흡을 통해서 몸 안으로 들어간 산소가 변화한 것인데, 강렬한 노화 촉진 인자로 인식되어 있다. 항상 화만 내고 있으면, 피부는 쭈글쭈글해지고 검버섯이 생기며 탄력성이 없어진다. 어린이를 심하게 꾸짖고 있는 어머니는 노화를 촉진하고 있다.

셋째, 분노는 때로는 감정을 자제할 수 없게 되어 인생을 파괴하는 수도 있다. 앞에서 말한 교도소행이 바로 그것이다. 화가 난 나머지 상대방에게 욕설을 퍼붓다가 살해당하거나 큰 부상을 당하거나……나중에 후회해도 소용 없다.


인생의 즐거움을 발견하는 법

넷째, 분노는 대체로 즐겁지 않다. 즐겁지 않은 이유는 분명하다. 앞에서 말한 바와 같이 독물이 분비되기 때문이다. 즐거워지기 위해서는 쾌감 물질이 분비되어야 한다. 쾌감 물질을 분비시키기 위해서는 화가 나는 일에 부닥쳤을 때, 바로 반응을 나타내지 말고 지나쳐 버리거나, 혹은 좋은 쪽으로 받아들여 미소를 지을 일이다.

“넌 바보야!”라는 말을 듣거든 “아, 그래? 충고해 줘서 고마워.” 하고 감사해 한다. 이렇게 하면 뇌 속에서는 쾌감 물질이 나온다. 알랭이라는 프랑스의 철학자이자 비평가는 이렇게 말했다. “항상 유쾌한 기분을 잃지 않는 것이 가장 좋은 건강법이고, 최고로 인생을 즐기는 비결이다.”


즐기는 데에도 기본이 있다

## 18. 자꾸자꾸 잊으십시오

"망각함이 없이 행복은 있을 수 없다."고 프랑스의 작가 앙드레 모로아는 말했다. 잊어버리는 일은 일반적으로 '좋지 않은 일'이라고 인정되는 것같은데, 인간은 잊을 수 있는 동물이며, 잊지 않으면 기억할 수도 없다. 잊어버리는 일은 '좋은 일'이다.

그렇지만 최근의 대뇌 생리학에 의하면, 인간은 한 번 기억한 것을 잊을 수는 없는 모양인지, 잊어버린 것처럼 느껴지는 것은 기억의 서랍 속으로 깊숙히 들어가 생각나지 않을 따름이라고 한다. 어쨌든 기억나지 않으니까 잊어버렸다고 생각해도 좋다. 잊어버리는 일이 인생을 즐겁게 사는 데에 필요한 것이다.

이 점에 대해서는 의문이 생길지도 모른다. '망각이란 잊어버리는 일이다. 잊어버리지 못하고서 망각을 맹세하는 마음의 슬픔이여.' 이것은 옛날 유행했던 라디오 연속극 《네 이름은》의 첫머리에 나온 해설이다. 잊으려 해도 잊혀지지 않는 사람의 경우를 상상해서 쓴 해설이지만, 아무리 좋아하는 사람일지라도 얼마 안 가서 망각의 저쪽으로 사라지는 것이다. 자기의 소중한 사람이나 소중한 일을 잊고 무엇이 즐거운가? 머리 속이 흐리멍


인생의 즐거움을 발견하는 법

텅해지고서 무엇이 즐거운가?라는 의문이다.

　더구나 뇌의 구조는 참으로 잘 만들어져 있어서, 자꾸자꾸 잊어버리면 남는 것은 즐거운 추억뿐이다. 반대로, 잊지 말자, 잊지 말자 하고 노력하고 있으면, 기억의 전면으로 나오는 것은 지겨운 일, 고통스러운 일뿐이다. 그러므로 인간의 뇌는 호된 꼴을 당한 일은 다음을 대비해서 여간해서는 기억에서 사라지지 않는다. 지우개로 지우고 싶은 곳만을 지울 수는 없게 되어 있다.

　그러면 어떻게 하느냐 하면, 자기에게 즐거웠던 일, 좋았던 일, 지금 생각해 봐도 가슴이 두근거리는 추억만을 기억에 되살아 나게 해야 한다. 지겨운 일은 생각하지 않는 게 뇌를 위해서 가장 좋은 건강법이다. 또 한 가지는, 과거를 지나치게 회상하지 말라. 회상해 봤자 어떻게 할 수 없는 것이 과거이다.

　영국의 작가 디킨스가 쓴 『위대한 유산』이라는 소설에는 결혼식 당일에 신랑에게 배신당하는 부유한 여성이 등장한다. 모든 준비를 하고 웨딩드레스를 입은 신부가 가슴을 두근거리면서 신랑이 나오기를 이제나 저제나 기다리고 있는데, 끝내 나타나지


즐기는 데에도 기본이 있다

않는다.

그 후, 몇십 년 동안 그 여성은 신혼의 방을 그대로 놓아 두고 자기는 웨딩드레스를 입은 모습으로 늙어 간다. 이 여성이 약혼 시절의 즐거움에 잠겨 있느냐 하면 전혀 그렇지 않다. 그와는 정반대로, 신랑이 오지 않은 원한을 한평생 소중히 간직하고 있는 것이다. 잊혀지지 않는 것은 그와 같이 불행을 가져올 뿐이다.


인생의 즐거움을 발견하는 법

## 19. 주는 것이야말로 참다운 기쁨이다

일본 고유의 것이라고도 할 수 있는 의리와 인정의 세계도 일종의 기브 앤드 테이크이다. 상대방에게 의리를 느끼게 하지 않으면 인정(人情)을 받을 수 없다. 의리를 느끼게 한다는 것은 은혜를 베푸는 일이고, 상대방은 은혜를 입었다고 생각하기 때문에 그것을 갚으려고 한다. 다만, 보통의 빌려 주고 빌려 가는 것과 다른 점은 갚는 날짜가 명확하지 않다는 것이다.

남과의 사귐을 기브 앤드 테이크로 처리하려는 발상이 세상에는 뿌리 깊이 자리잡고 있는 듯하다. 이것이 정당한 일이라고 여겨지고 있다. 먼저 주어라. 그러면 받게 된다. 성서에도 그런 의미의 말이 씌어 있다.

하지만 앞으로의 시대도 정말로 기브 앤드 테이크 방식으로 살아가는 것이 좋을까?

나는 그렇지 않을 것만 같은 느낌이 든다. 오히려 기브 앤드 기브 방식으로 살아가야 하지 않을까? 기브 앤드 기브는 이쪽에서 마구 내주는 일이다. 준 것에 대한 반대급부를 일체 요구하지 않는 무상행위(無償行爲)이다.


즐기는 데에도 기본이 있다

기브 앤드 테이크는 자본주의의 발상이다. 빌려 준 것은 되돌려 받는다. 만일 갚지 않으면 비난 받는다. "저놈은 은혜를 모르는 놈이다." 이래가지고는 행위의 순수성은 유지되지 않는다. 왜냐하면 은혜를 입는 것이 폐가 될 수도 있고, 갚아야 할 것이 비싼 것도 있다. 금전대차(金錢貸借) 이상의 이자를 지불하게 되는 일도 드물지 않다. 어쨌든 이식(利殖) 제한법이 없는 세계이므로, 터무니없이 높은 이자를 물게 되어도 불평할 수 없다.

인간이 기브 앤드 기브를 해 보이는 것은 연인이나 자식이나 부모에 대해서 일 것이다. 부모는 자식에게 자신의 희생을 지불하면서 되받으려고 생각지는 않는다. 연인에 대한 봉사도 대개 그런 것이다. 효도는 돈과 같은 면도 있으나, 역시 손해와 이득을 따지지 않고 하는 수가 많다. 이처럼 친족간에 이루어지는 방식이 인간이 사이좋게 지내는 하나의 작은 모형(模型)이 되리라고 생각한다.

모든 사람이 기브 앤드 기브가 된다면, 은혜를 모르는 인간은 없을 것이다. 대립도 항쟁도 대폭적으로 줄어들 것이다. 왜냐하면 사람들이 모두 다 상대방을 생각해서 행동하기 때문이다. 또


인생의 즐거움을 발견하는 법

한 가지 중요한 점은, 받기보다는 주는 편이 훨씬 더 기분이 좋
다. 모두가 기분 좋게 되기 때문에 모든 일이 원만히 이루어져
나갈 것은 뻔한 일이다.

　기브 앤드 테이크는 돈놀이꾼도 한다. 인색한 인간도 한다.
마피아도 부정하지 않을 것이다. 돈놀이꾼이나 인색한 마피아도
인정하는 수준을 금과옥조(金科玉條)로 삼고서 어떻게 기분 좋은
세상이 되겠는가?

　졸리는 눈을 비비고 밤 중에 일어나 갓난 아기에게 젖을 주는
엄마의 희생이야말로 앞으로의 세상에 필요한 정신이다. 이것을
시시하다고 생각하는 사람은 인간의 마음을 모르는 사람이다.
젖을 주는 엄마는 지극히 행복한 세계에서 살고 있다.


즐기는 데에도 기본이 있다

# 20. 자신의 성장을 확인할 수 있는 기쁨

배가 고플 때, 음식에 대한 흥미는 한이 없다. 하지만 배불리 먹고 나면 박정(薄情)할 만큼 관심이 없어진다. 매슬로우라는 미국의 심리학자는 식욕이나 성욕은 인간에게는 낮은 차원의 욕구라고 했는데, 즐기는 일도 차원의 높고 낮음이 있는 듯하다.

아무리 재미있는 영화일지라도 보고 나면 까맣게 잊어버린다. 만담을 듣고 배꼽이 빠지게 웃을지라도 연예장에서 나와서까지 웃는 사람은 없다. 오락 계통의 즐거움은 일과성(一過性)이어서, 그 순간은 재미있으나 결코 깊은 즐거움은 아니다.

하지만 인간은 점점 깊은 감회를 주는 즐거움을 원하게 된다. 오락과 예술과의 차이는 이 욕구의 깊고 얕음에 관계가 있다고 해도 좋을 것이다. 음모가 그려진 「발가벗은 마야」를 보고 음란한 기쁨을 느끼는 사람이 있는가 하면, 그 예술성에 전율하는 사람도 있다. 같은 그림을 보고도 즐거움의 질은 달라진다.

깊은 즐거움을 찾을 때 러시아의 문호 톨스토이의 다음과 같은 말은 참고가 된다. "연말에 이르러 지난 일년을 돌아보고 연초의 자기보다도 성장했다고 확인할 수 있는 것만큼 행복함을


인생의 즐거움을 발견하는 법

느끼는 일은 없다." 식물을 기르고 있노라면, 성장한 것을 확인하는 일이 얼마나 큰 기쁨을 가져다 주는지 알게 된다. 하물며 자기의 성장을 확인할 수 있다면, 그것은 무엇보다도 큰 기쁨이 될 것이다.

송년회를 하느라고 정신없이 연말을 보내는 것도 나쁘지는 않지만, 혼자서 조용히 자기가 성장해 온 자취(성장하지 않은 데 대한 반성도 좋다)를 확인해 보는 게 어떨까? 요즘 사람들은 그런 시간을 너무나 갖지 않는 것 같다.

그리스 신화에 나오는 시시포스(Sisyphos)는 제우스를 속인 죄로 아주 혹독한 형벌을 받는다. 몇 톤이나 되는 바윗덩어리를 그의 힘으로 산꼭대기까지 끌어 올리지 않으면 안 되었다. 산꼭대기까지 끌어 올리면 바윗덩어리는 데굴데굴 굴러서 골짜기까지 떨어져 또다시 처음부터 다시 끌어 올리지 않으면 안 된다. 시시포스는 이 일을 영원히 되풀이 하지 않으면 안 된다.

이 형벌의 가혹성은 아무리 노력해도 성공할 수 없는, 진보의 자취를 확인할 수 없는 것이다. 해마다 똑같은 일을 타성으로 반복하고, 조금도 진보의 자취를 확인할 수 없다면, 우리도 시


즐기는 데에도 기본이 있다

시포스와 큰 차이가 없는 생활을 하고 있는 셈이 된다. 시시포
스가 되지 않기 위해서는 조금이라도 진보한 자신을 확인할 일
이다.

가령 조금이라도 진보한 자기 자신을 확인할 수 있으면, 인생
의 예금 통장을 바라보는 것과 같은 것이어서, 매우 즐거운 법
이다. "어디, 다시 한 번 해 볼까?" 하는 의욕도 생긴다. 그 심
정이 내일로 이어진다. 이러한 즐거움도 느낄 수 없다면 그 인
생은 절망일 수밖에 없다.

# 21. 오감(五感)을 작용시키면 감동은 깊어진다

시각, 청각, 후각, 미각, 촉각의 오감이 인간에게 주어져 있다. 살아가기 위해서는 어느 감각이나 다 필요한 것뿐이다. 하지만 문명을 창조할 수 있는 인간은 오감의 대용품을 차례 차례로 발명하여 활용하는 한편, 선천적으로 주어진 오감을 자꾸만 마멸해 왔다. 그것이 지금 갈 데까지 갔다는 느낌이 있다.

시각과 청각은 아직도 잘 쓰고 있으나, 후각, 미각, 촉각은 특별한 용도 외에는 쓰지 않게 되었다. 예를 들면 사람의 이야기를 듣고 "어쩐지 구리다."고 느낀다든지, 사람의 용모나 행위에서 풍기는 맛에 대한 감각이 둔해졌다.

미각은 요리의 맛만은 아니다. 미각이 있기 때문에 '맛'을 이해할 수 있고, 후각이 있기 때문에 '냄새'를 맡아서 알 수 있다. 촉각이 있으니까 보들보들한 피부에도 가슴이 설렌다. 그렇게 오감을 한껏 활용하면 인생이 생기있는 것이 될 것이다.

일본어로 『향수(香水)』라고 번역되어 나온, 아주 재미있는 소설이 있다. 주인공은 후각의 천재이다. 개의 후각 정도가 아니다. 모든 것을 냄새에 의해서 분간하고 기억할 수 있다. 우리는



즐기는 데에도 기본이 있다

사람을 식별할 때, 시각으로 기억한다. 얼굴을 보고 A군을 구별한다. 만일 시각을 잃는다면 청각에 의존하게 될 것이다.

그 사나이는 눈이나 귀도 멀쩡하지만, 사실은 어느 것도 필요치 않다. 한번 냄새로 기억하면, 잊지 않기 때문이다. 나는 이 소설을 읽고 이상한 기분을 느꼈다. 그런 정도로 예민한 후각을 지니고 있다면, 세계는 어떻게 느껴질까? 나는 어린 시절에 읽은 헬렌 켈러의 전기가 생각났다.

청각과 시각을 잃어버린 그녀는 촉각으로 물질을 기억해 나갔다. 물에 닿음으로써 물이라는 물질을 알고, 그것이 물임을 손바닥의 촉각으로 기억해 나갔다. 후각과 촉각으로도 세계를 얼마든지 인지할 수 있다. 대부분의 사람들은 오감을 충분히 활용하고 있는가?

좀더 오감을 작용시키게 되면 지금 보이지 않는 것이 보이고, 느껴지지 않는 것이 느껴지며, 맛볼 수 없는 것을 맛볼 수 있고, 냄새를 맡지 못하는 것을 맡을 수 있게 될 것이다. 오감을 좀더 잘 작용시키는 좋은 방법은 우선 시각을 가려 볼 일이다.

자연 속에서 새의 모양이나 울음 소리를 즐기는 이른바 버드


인생의 즐거움을 발견하는 법

워칭을 하러 처음으로 산 속으로 들어간 사람이 쌍안경으로 아
무리 애를 써서 새를 찾아보아도 발견되지 않아 실망하고 있으
니까, 경험이 풍부한 고참이 이렇게 일러 주었다. "귀를 기울여
가만히 들어보세요. 그봐요, 주위에 잔뜩 있잖아요?" 그 순간,
여러 종류의 새들이 지저귀는 소리가 들려 왔다고 한다. 보이지
않는 세계도 풍요한 세계이다.


즐기는 데에도 기본이 있다

## 22. 행복은 이미 손 안에 있다

"행복해지고 싶다."고 하면, "사내 녀석이 계집 애같이 무슨 소리야?" 하고 말하는 사람이 있으나, 그런 사람도 역시 행복을 동경하고 있음에는 틀림없다.

행복 희구는 건전한 정신을 지닌 인간에게는 당연한 소원이기 때문이다. 생명이 있는 모든 것은 행복을 추구하고 있다.—불전(佛典)에도 그렇게 씌어 있다.

문제는 행복의 내용이다. 어떤 사람은 건강하면 행복하다고 생각한다. 어떤 사람은 하는 일이 잘되면 행복하다고 생각한다. 부자가 되는 것, 지위나 명예를 얻는 것이 행복이라고 생각하는 사람도 있다. 행복을 추구하는 것은 좋다 치고, 그것과는 별도로 현재의 상황을 어떻게 생각하느냐 하는 것이 큰 문제이다. 현재의 상황이 어떤 상태이든 간에 '지금 나는 불행하다.'는 감각을 강하게 지니고 있다면, 설령 자기가 추구하고 있는 행복한 상태를 얻는다 하더라도 그 기쁨은 잠시일 뿐, 또다시 새롭게 불행한 심정을 틀림없이 안게 될 것이다.

"무엇이 어떻게 되었으면……."이라는 행복의 추구 방식은 행복하게 되는 데에 조건을 붙이고 있기 때문인데, 그런 식으로


인생의 즐거움을 발견하는 법

행복을 추구하면 잠시 동안의 만족과 새로운 불행감 사이를 한 평생 왔다갔다 하지 않으면 안 된다.

벨기에의 극작가 메테를링크가 쓴 동화극(童話劇)《파랑새》의 이야기를 생각해 보기 바란다. 행복이라는 것은 어디에 가서 잡아오는 게 아니고, 이미 손 안에 들어와 있는 것이다. 다시 말하면 사람은 제각기 현재의 상태 그대로 충분히 행복하다는 것이다. 만일 현재 자기가 "행복하지 않다."고 생각한다면, 그것은 불행한 것이 아니라, 자기의 내부에 있는 행복을 깨닫지 못하고 있을 따름이다.

유태의 격언에 '오른팔이 잘리거든 왼팔이 남아 있음을 감사하게 생각하라. 양팔이 잘리거든 다리가 남아 있음을 감사하게 생각하라.'는 것이 있거니와, 살아서 행복을 추구할 수 있는 것 자체가 이미 행복하다고 생각하는 것이 중요하다.

그럼, 그러한 상태를 어떻게 해야 얻을 수 있는가? 그것은 마음이 평온할 때이다. "행복한 생활은 마음이 평화로울 때 성립한다."고 키케로는 말했거니와, 마음이 평화로우면 사형수라 하더라도 행복감을 느낄 수 있다.


즐기는 데에도 기본이 있다

마음이 어지러우면 아무리 많은 재산이 있다 하더라도, 훌륭한 지위나 명예를 얻었다 하더라도 결코 참다운 행복감을 느낄 수 없다. 부자가 종종 우울한 표정을 하고 있는 것은 재산을 잃지나 않을까 하는 공포감 때문에 항상 마음의 안정감을 잃고 있기 때문이고, 오히려 가난한 생활을 하고 있는 사람이 웃음을 잃지 않는 표정을 짓고 있는 것은 마음이 충족되어 있기 때문이다.



인생의 즐거움을 발견하는 법

## 23. 기쁨의 받침접시는 가지고 있는가


인생을 즐겁게 살고 있는 사람은 틀림없이 즐거운 일이 잔뜩 있을 거라고 생각할지도 모른다. 하지만 그들은 즐거운 일이 있으니까 즐겁게 살고 있는 것은 아니다. 즐기는 마음을 지니고 있으니까 그러한 인생이 닥쳐오는 것이다.

맨 먼저 즐길 수 있는 마음이 있어야 한다. 아무리 즐거움을 가지고 오더라도 받침접시가 없으면 들어오지 않는다. 인생이 우울해서 조금도 재미가 없다고 하는 사람은 모처럼 즐거움이라는 배급이 돌아온다 하더라도 그것을 받을 받침접시가 없어서 받아들일 수가 없다.

오늘날의 스트레스 학설을 만들어 낸 한스 셀리에의 말에 의하면, 인간은 역설(逆說)이 가득 찬 심리 구조를 지니고 있다. 예를 들면 우는 행위도 슬프기 때문에 우는 게 아니고 울기 때문에 슬프다. 즐겁기 때문에 웃는 게 아니고 웃으니까 즐겁다고 한다.

그와 똑같은 말을 미국의 심리학자요 철학자인 윌리엄 제임스는 분노로 설명했다. "화가 나서 주먹을 휘둘러 올리는 게 아니


즐기는 데에도 기본이 있다

다. 주먹을 휘둘러 올리니까 화가 난다." 확연하게 이해되지 않을지 모르나, 유명한 심리학자가 똑같은 현상을 지적하고 있는 점은 주목해야 한다.

요컨대 받침접시를 만들어 두라는 말이다. 초조해 하거나 신경질을 부리고 있을 때, 남이 무슨 말을 하면 사소한 일에도 화가 나는 수가 있다. 분노의 받침접시로 받아 버려야 한다. 유쾌한 기분일 때는 버럭 화가 날만한 말을 들어도 웃어 넘긴다. 이경우에는 즐거운 기분이라는 받침접시로 받기 때문이다.

"나는 곤란에 맞설 때, 자, 이 곤란을 극복하는 경험을 맛보자 하고 생각한다. 그러면 용기가 불끈불끈 솟는다." 이것은 남극월동대장(南極越冬隊長)을 지낸 니시호리 에이사부로(西堀榮三郎) 씨가 한말이다. 눈 앞에 가로막고 있는 곤란의 저쪽 너머에 커다란 기쁨의 받침접시를 준비해 두어야 한다.

이것은 모든 일을 낙천적으로 보느냐 비관적으로 보느냐의 차이이다. 이 단계에서는 어느 쪽으로 보든 마음쓰기 나름이다. 인생을 즐겁게 살기 위해서는 낙천적으로 보는 편이 좋을 것이다.


인생의 즐거움을 발견하는 법

　문제는 인간의 감정으로 여간해서는 그렇게 생각되지 않는데 있다. 아무래도 나쁜 쪽으로 생각하는 일이 많기 때문이다. 이 것을 낙천적으로 보기 위해서는 어떻게 해야 좋겠는가? 본능으 로 이렇게 하기는 어렵다. 그래서 이성(理性)으로 생각할 수밖에 없다.

　나는 등산 경험을 머리 속에 떠올리면 좋으리라고 생각한다. 등산을 하고 있을 때에는 "오지 않는 게 좋았는데." 하고 생각 할 정도로 힘이 들지만, 정상에 오르면 그 힘겨움도 단번에 싹 날아가 버린다. 인생의 고난도 그와 마찬가지여서, 고통은 언제 까지나 계속하는 것은 아니고, 그 저쪽 너머에는 커다란 기쁨이 기다리고 있는 것이다.


즐기는 데에도 기본이 있다

## 24. 수수하고 평범한 인생이 멋지다

'복은 재앙 없는 것보다 큰 것이 없다.' 중국 전한 시대의 철학서 『회남자(淮南子)』는 이렇게 가르친다. 수수하고 평범한 생활을 '패기가 없다.'느니, '인물이 작다.'느니 하고 비판하는 사람이 있다. 예를 들면 힘있고 건강한 아내에 점잖은 남편. 이런 커플이 되고 보면 아내한테서 불평이 나온다. "옆집 아저씨는 부장이 됐대요."

"누구 누구는 전직(轉職)할 때마다 월급이 오른다지 뭐예요."

남자에게는 상당히 모욕적인 말이지만, 최근의 여성은 이런 정도의 말은 아무렇지도 않게 해댄다. 이런 불만을 털어놓는 아내가 무슨 짓을 하느냐 하면, 남편의 월급으로 걱정 없이 편안히 지내고 있다.

인간은 누구나 다 욕심이 많아서, 지금 당장 거기에 없는 것을 갖고 싶어한다. 욕망을 갖는 것은 인간이 의욕적으로 사는 원동력이 되는 것이므로 나쁘다고 할 수는 없다. 그러나 현재의 상황을 긍정하고, 새로운 비약을 바라는 것이 옳지, 현재의 상황에 불만을 장황하게 늘어놓는 것은 마이너스 작용밖에 하지 않는다. 그러한 태도로 살면 인생은 조금도 즐거워지지 않는다.


인생의 즐거움을 발견하는 법

아무리 출세가 늦더라도, 아무리 월급이 적더라도 가족 전원을 굶어 죽게 하지 않는 세대주가 훌륭한 가장이다. 먼저 그 점을 똑바로 인정하는 데서부터 시작하지 않으면 안 된다. 『회남자(淮南子)』는 '복은 재앙 없는 것보다 큰 것이 없다.'고 가르친다.

불만이나 만족도 생각하는 습관의 문제이다. 그것은 단순히 습관이므로 습관을 바꾸면 현재의 상황도 완전히 바뀌고 만다. 불만이 많은 사람은 사고 방식이 마이너스 사고의 습관이 되어 있을 뿐이다. 플러스 사고를 하면 그 순간부터 만족으로 변한다.

신체가 건강하고 모든 기능이 잘 되어갈 때 새삼스럽게 위나 심장의 존재를 의식하는 일은 없다. 모든 일에 만족하고 있을 때도 마찬가지여서, 특별히 자기가 은혜를 입고 있다고는 생각되지 않는다. 그런데 일단 위장이 욱신욱신 아프기 시작하면 그것에 신경이 쓰여서 견딜 수 없다. 인간은 좋은 일에는 둔감하고, 나쁜 일에는 민감하다.

마이너스 사고는 내버려둬도 할 수 있다. 플러스 사고는 의식


즐기는 데에도 기본이 있다

해서 그렇게 생각하는 수밖에 없다. 인생을 재미없다고 느끼는 것은 색안경을 끼고 경치를 바라보는 것과 같은 것이다. 무엇을 보더라도 그 안경의 색깔에 좌우되고 만다. 어떻게 해볼 도리가 없는 것은, 자기가 그러한 안경을 끼고 있는 것을 깨닫지 못하고 있는 점이다.

플러스 사고의 안경으로 바꿔 끼면 되는 것이다. 무엇이든지 즐겁다고 생각하는 것이 플러스 사고의 안경을 끼는 일이다. 그렇게 생각하고 있으면 이상하게도 그렇게 보인다. 수수하고 평범한 인생이야말로 자연에 가장 잘 맞는 인생이다.

자연에 맞는 인생 이상으로 멋진 인생은 없다.


인생의 즐거움을 발견하는 법

# Ⅱ. 시간을 넉넉하게 쓰는 방법

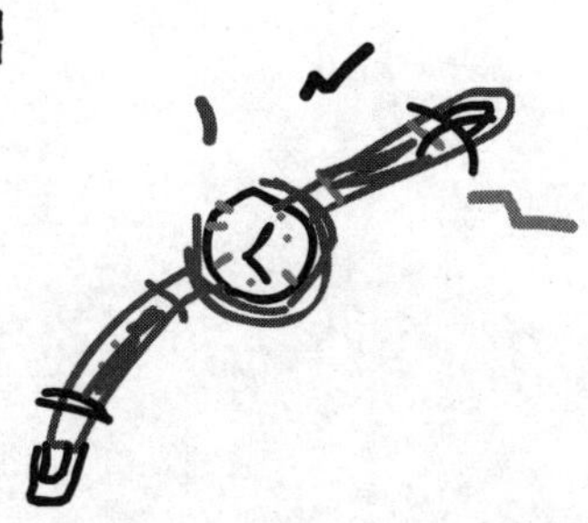

## 25. 1박 2일의 열차 여행

취재나 강연 등으로 비행기나 철도를 선택해야 할 때, 사정이 허락하는 한 나는 철도를 이용한다. 열차 여행을 좋아하기 때문이다. 그렇다고 해서 나는 풍경을 즐기는 타입은 아니다. 단지, 멍하니 내다보고 있으면 머리가 개운해지고 편안해지는 게 좋다. 내 경우는 여정(旅情)이라고 하기보다는 평소에 느낄 수 없는, 긴장을 풀 수 있는 공간으로 열차를 택하고 있다.

첫째, 전화가 걸려 오지 않아서 좋다. 내가 몇 시 몇 분 열차로 어디로 가는지는 회사 사람밖에 모르니까, 함부로 전화가 걸려 오지는 않는다. 무엇을 생각하는 데에는 이 점이 대단히 고맙다.

둘째, 열차의 진동이다. 그 진동은 차창 밖의 풍경과 어울려 뇌파를 알파파(波)로 바꿔 준다. 깜박깜박 졸음이 오는데, 그 진동 덕분에 퍼뜩 근사한 아이디어가 떠오르는 일이 흔히 있다.

셋째, 독서를 잘 할 수 있다. 사무소나 다방, 가정의 서재보다도 훨씬 더 집중력이 나오는 듯한 기분이 된다. 원고를 쓰는 수도 있다. 이것도 독서와 마찬가지의 집중력으로 잘 나가는 일


시간을 넉넉하게 쓰는 방법

이 많다. 최근에는 열차에 워드프로세서를 가지고 가는 사람이 있는데, 워드프로세서라면 더 좋을지도 모른다.

『월산(月山)』이라는 소설을 써서 아쿠타가와상(芥川賞)을 받은 모리아쓰시(森敦) 씨는 야마테센(山手線)을 타고 가면서 그 소설을 썼다고 하거니와, 열차는 사고를 하는 데 다른 사람에 의해서 방해를 받지 않고 편안히 쉴 수 있는 얻기 어려운 공간이다. 그래서 열차를 이동 이외의 목적으로 이용하는 게 어떨까?

예를 들면 2, 3일 긴장을 풀고 싶을 때, 온천에 가는 게 아니라, 하루 종일 열차를 타고 가는 것이다. 저녁때 도착한 곳에서 하룻밤 묵고, 이튿날 또다시 열차를 타고 돌아오는 것이다. 도합 2일 간의 휴가로 몸이나 마음을 상쾌하게 할 수 있다. 도쿄(東京)에서 출발하거든 도카이도(東海道)로 내려가도 좋고, 동북 방면으로 나가는 것도 좋다. 몇 번 해 보고 자기 나름의 노선을 몇 개 만들어 놓는 것이다. 그것도 신칸센(新幹線)이 아니고, 될 수 있으면 완행열차 여행이 좋다.

대도시에서 바쁘게 일을 하고 있으면, 좀처럼 여행을 떠날 수 없다. 여행을 떠나기로 하면 호텔의 예약이 되느니 안 되느니

야단법석이 벌어진다. 그래서 결국은 그만두게 된다. 하지만 토요일을 이용하여 '1박2일 열차 속'의 여행을 하는 것이라면 별로 어렵지 않다. 오늘 생각나면 내일 실행할 수 있는 간편함이 있다.

읽고 싶은 책을 가지고 탄다면 그런 유쾌한 일이 없을 것이다. 차창 밖의 경치를 내다보는 것만으로도 생명이 세탁된다. 밤에는 도착한 곳에서 1박 한다. 이것도 신선한 즐거움을 맛볼 수 있을 것이다. 춘하추동, 3개월에 한 번 정도는 해보는 게 어떨까? 단 한 가지 조건이 있다. 아내나 친한 친구도 데리고 가지 말고, 자기 혼자서 실행해야 한다는 것이다.


시간을 넉넉하게 쓰는 방법

## 26. 차내 관찰이라는 오락이 있다

 "난, 이젠 유치원에 가니까 어린애가 아니지?"
"암, 그렇지."
"그러니까, 난, 이젠 어린이 점심 안 먹을래."

버스 속에서의 엄마와 딸과의 대화다. 이 말을 듣고 무심코 웃고 말았다.

나는 이동할 때 될 수 있으면 전철이나 버스를 이용한다. 여러 가지 정경이 벌어지는 게 즐겁기 때문이다. 작가인 소노 아야코(曾野綾子) 씨가, '전철 속은 값싸고 최고로 재미있는 극장이다.'라고 신문 칼럼에 쓴 일이 있는데, 나도 전적으로 동감한다.

젊은 커플이 잠자코 있으면, "이 사람들은 사이가 안 좋은가?" 하고 약간 신경이 쓰인다. 그럴 때, 갑자기 미소를 지으면서 얘기를 걸면, 까닭없이 안도의 한숨을 쉰다. 중년 남녀가 다정하게 하고 있으면, "어떤 관계일까?" 하고 호기심이 일어난다.

노인이 외따로 혼자 타고 있으면, "가정에서 소외당하고 있을까?" 하고 생각하기도 한다. 하여튼 전철이나 버스나 이런저런


인생의 즐거움을 발견하는 법

상상을 하는 것만으로도 심심하지는 않다. 또 실제로 치한 소동이 벌어진다든지, 술 주정꾼이 시비를 건다든지, 젊은 여성이 갑자 기 울기 시작한다든지, 뻔뻔스런 할머니가 몇 센티밖에 안 되는 좌석 틈을 비집고 끼여든다든지, 하여튼 전철이나 버스는 이래서 상당히 드라마틱한 공간이다.

잘 자고 있는 사람도 있으나, 나는 차내를 관찰하는 게 취미여서 도저히 졸음 따위는 오지 않는다. 노상관찰(路上觀察)이라는 게 유행하고 있는 모양인데, 차내 관찰도 훌륭한 취미 오락의 범주에 들어가지 않을까? 광고 매체도 재미있다. 주간지에 매달린 광고를 보면, 세상이 어떻게 변해 가고 있는지를 알 수 있다. 타고 있는 사람의 복장이나 얼굴 표정에서도 정보는 전해져 온다. 지금, 정보로 가장 가치가 있는 것은 인적 정보(人的情報)라고 한다.

인적 정보란 사람으로부터 직접 전해 오는 것으로, 조금만 주의력을 기울이면 특별히 얘기를 하지 않더라도 승객으로부터 여러 가지를 알 수 있다. 15분이나 30분 타고 있으면, 기획의 한 가지나 두 가지는 금세 떠오른다.



시간을 넉넉하게 쓰는 지혜

요즘 사람은 전철이나 버스를 이동하기 위한 도구로만 생각한
다. 한창 젊은 사람이 올라타자마자 팔짱을 끼고 꾸벅꾸벅 졸기
시작하는 걸 보고 있으면, "꼴불견이로구나!" 하는 기분이 든
다. 내가 가장 싫어하는 것은 전철 속에서 아는 사람을 만나는
일이다. 모처럼의 즐거움이 방해를 받기 때문이다.


인생의 즐거움을 발견하는 법

## 27. 한정된 시간을 넉넉하게 쓰는 방법

시간을 넉넉하게 쓴다는 말은 무슨 뜻일까? 우선 이 점을 알아야 한다. 시간은 아무것도 안 해도 지나간다. 돈은 안 쓰면 줄어들지 않지만, 시간은 줄어든다. 그러니까 아무 일도 하지 않은 채 보내 버린 시간은 낭비가 된다. 시간을 효과있게 쓴다는 말은 낭비가 되는 시간을 줄이는 일이다.

낭비가 되는 시간을 줄이는 방법은 두 가지가 있다. 한 가지는, 무슨 일에 대해서나 '열심히 몰두하는' 일이다. 몰두하고 있을 때, 우리는 이따금 시간이 지나가는 것을 잊어버린다. 실제로는 세 시간이 지나갔는데도 한 시간밖에 지나지 않은 것으로 느껴진다. 그런 경우에는 시간을 손해본 것이 아니고 득을 보았다고 생각해야 한다. 1천엔을 주고 3천엔 짜리 물건을 살 수 있다면 2천엔의 이득이 남는다. 이런 경우와 마찬가지라고 생각하면 된다. 돈으로 이득을 보는 데에도 지혜나 노력이 필요하지만, 시간으로 이득을 보는 가장 좋은 방법은 '열심히 하는' 것이다.

낭비 시간을 줄이는 또 한 가지 방법은 '목표를 갖는' 일이


시간을 넉넉하게 쓰는 지혜

다. 자기가 무엇을 해야 하는지, 그것이 분명하지 않을 때, 시간은 낭비된다. 목표가 있으면 모든 것이 그것을 향해서 집중되어 있으니까 시간의 낭비는 적어진다.

다시 말하면 목표를 세우고 열심히 살면, 시간은 낭비가 되지 않아서 몇 배로도 쓸 수 있다. 천재라고 일컬어지는 인간은 어쨌든 일찍 죽는다고 전해져 왔다. 모차르트는 35년밖에 살지 못했다. 그 짧은 일생에 600 곡을 넘는 수많은 명곡을 만들었다.

그의 라이프 스타일은 한정된 시간을 엄청나게 유효하게 썼다. 이러한 생활을 '악착같은 생활'이라고 느끼는 사람도 있을 것이다. 그러나 그렇게 느끼는 사람은 그리스의 어느 철학자의 다음과 같은 말을 알아두면 좋을 것이다.

"선생님, 인생에서 가장 즐거운 일이란 무엇입니까?"

제자의 질문을 받은 철학자는 이렇게 대답했다.

"목표를 세운 다음, 그걸 향해서 노력하는 일이다."

진짜 넉넉함에는 즐거움이 있어야 한다. 반대로, 즐거움이 있으면 곁에서 보는 사람의 눈에는 아무리 쓸데 없는 시간처럼 보일지라도 그 사람에게는 충실한 시간이다.


인생의 즐거움을 발견하는 법

시간이 영원히 있는 거라면 또 모르지만, 우리에게는 한정되어 있다. 그것도 언제 끝장이 날지 모르는, 아주 불안한, 한정된 시간이니까, 언제 어디서 끝장이 나든 '괜찮다'고 할 수 있는 생활을 할 수밖에 없다. 최근에는 덮어 놓고 장수하기를 원하는 사람이 불어나고 있지만, 극히 소극적이고 평범해서 무해 무익한 삶이어서는 수명이 길어 봤자 별다른 의미가 있다고는 생각하지 않는다.

『연애론』을 쓴 프랑스의 소설가 스탕달의 묘비명(墓碑銘)에는, '살았다, 썼다(글을), 사랑했다.'고 새겨져 있다.

이런 인생을 살고 싶다.


시간을 넉넉하게 쓰는 방법

## 28. 마음과 몸의 건강은 걸어다님으로써 유지된다

육신이 온전한 사람일수록 그 육신의 고마움을 모른다. 예를 들면 우리는 날마다 아무 힘도 들이지 않고 걸어다니고 있기 때문에 걸어다닐 수 있는 건전한 다리를 가지고 있는데 대해 감사한 마음을 갖지 않는다. 오히려 될 수 있는 대로 걸어다니지 않으려고 한다. 하지만 마음이나 몸이 다같이 건전하게 인생을 즐기고 싶거든 이제부터 적극적으로 걸어다녀야 한다.

인간은 동물의 일종이다. 동물이란 움직여 돌아다니는 동물이므로 돌아다닐 수 없게 되면 죽도록 설계되어 있다. 인간 이외의 동물은 움직일 수 없으면 죽는다. 인간만이 움직일 수 없게 된 인간을 계속해서 살아가게 할 수 있으나, 그래도 역시 건강하지 못한 것은 면할 수 없다. 움직여 돌아다닐 수 있는 것은 다리가 건전하기 때문이다. 그러므로 생존할 수 있는 기본 조건의 한 가지는 다리와 허리를 건전하게 유지하는 일인데, 그렇게 되기 위해서는 운동보다는 걸어다니는 편이 더 좋다.

걸으면 몸 전체의 근육이 풀려서 생리적으로 좋은 영향을 끼치지만, 사실은 그런 정도의 효과만 있는 것은 아니다. 걸음으로써 뇌에 자극을 주고, 뇌의 노화를 방지한다. 요컨대 치매를 방지할 수 있다. 철학자 칸트는 타고난 허약자여서 '아무래도 정상적으로 자라지는 못할 것'이라는 말을 들었으나, 80세의 장수를 누렸다. 그 칸트의 중요한 일과(日課)에는 산책이라는 게 있었다. 날마다 규칙적으로 산책을 하는 일과 식사 연구로 명석한 두뇌와 신체의 건강을 유지해 갔다.

"칸트는 자연으로부터 생명을 억지로 따냈다."
는 말을 그를 잘 아는 친구들은 말했다고 한다.

걸어다니는 운동의 효용은 심신에만 있는 것은 아니다. 세상이 어떻게 돌아가고 있는지를 아는 일과도 연관된다. 우리는 정보화 사회에서 살고 있으므로 정보에는 아무런 불편이 없다고 생각하고 있으나, 양이야 어찌 되었든 질을 생각한다면, 걸어다님으로써 얻어지는 정보는 귀중한 것이라고 하지 않으면 안 된다. 걸어다니지 않는 인간은 세상 물정을 모르는 사람이 되고 만다.

걸어다님으로써 얻어지는 정보는 실물 크기의 살아 있는 정보이다. 이런 종류의 정보는 신선한 감동을 주지 않을 수 없다.


시간을 넉넉하게 쓰는 방법

호기심이 자극을 받아 싱싱한 감성이 되살아난다. 하루종일 집 안에서 텔레비전을 보고 있으면 절대로 얻을 수 없는 즐거운 체험이다.

로봇 연구자의 말을 들어보면, 보행 로봇을 만들기는 매우 어렵다고 한다.

보행은 한쪽으로 넘어지는걸 다른 한쪽이 받쳐 주고, 다음에 이쪽으로 쓰러지는 걸 이쪽의 다리가 받쳐 준다. 요컨대 공학적으로는, 넘어지는 걸 방지하는 작업의 반복이 보행이다.

보통 사람에게는 간단한 것처럼 보이지만, 그런 복잡 미묘한 일을 우리 인간은 아주 간단히 해낸다. 그것만으로도 다리에 대해 고맙게 여기지 않으면 안 된다. 다리를 오래 유지하기 위해서는 좀더 많이 걸을 필요가 있다. 걸을 수 없게 된 후에야 다리의 고마움을 절실히 실감해 봤자 사후 약방문이다.


인생의 즐거움을 발견하는 법

# 29. 해야할 때에 자기의 사정을 들어주지 말라

오랫동안 인생을 살다 보면 느꼈으리라고 생각하지만, 하고자 하는 마음만큼 믿을 수 없는 것은 없다. 하고자 하는 마음이 일어나기를 기다리고 있으면 대부분의 일은 자꾸만 늦어지고 만다. 그런데 사람은 왜 그런지 하고자 하는 마음을 믿는다.

인간은 원래 부지런한가 게으른가? 유감스럽게도 게으름뱅이다. 이것은 특별히 성악설(性惡說)에 입각해서 하는 말은 아니다. 인간은 즐거운 일을 하면서 놀고 싶어하는 동물이다. 인간이외의 동물을 살펴보면 알 수 있다. 그들은 먹이를 확보하고 생식을 하고 나면, 아무것도 하지 않고 빈둥빈둥 놀고 있다.

인간의 경우는 좀 복잡하지만, 그래도 본질이 게으름뱅이임에는 거의 틀림없다. 인간의 욕망을 모조리 충족시키면 어떻게 되는지를 실험한 심리학자의 실험에서 인간이 마지막으로 한 행동은 아무 데서나 쓰러져 자는 일이었다고 한다.

내가 하고자 하는 마음을 믿으면 안 된다고 한 것은, 본래 게으름뱅이인 인간이 하고자 하는 마음을 일으키는 기회는 적다고 보기 때문이다. 적기 때문에 그런 것을 믿을 수는 없다. 그럼,


시간을 넉넉하게 쓰는 방법

하고자 하는 마음을 믿지 않고 어떻게 행동을 하는가?

나는 아무것도 생각지 않고 행동을 시작하는 게 좋다고 생각한다. 어쨌든 몸을 움직이는 것이다. 주의해야 할 것은, '생각하지 않는다.'는 데 있다. 생각하면 '나중에 좋다' 든지, '귀찮다' 는 기분이 싹튼다. 해야 할 일이 있거든 생각지 말고 즉시 행동을 해야 한다. 행동을 하면 자연스럽게 하고자 하는 마음이 나오는 법이다.

기분이라는 것은, 변덕쟁이이다. 자신으로서도 어떻게 될 것인지 짐작을 할 수 없다. 갑자기 공부를 하고 싶은 마음이 나는 수도 있는가 하면, 내일 시험을 보아야 하는데도 '하고 싶지 않다'고 생각하는 수도 있다. 부지런한 인간은 하고자 하는 마음이 있는 게 아니고, 하지 않으면 안 되는 일에 착수하고 있는 것이다.

"해보는 것은 배우는 것보다 낫다."

고 힐티가 한 말은 사실이다. 인간에게는 습관에 의한 체득이라는 게 있다.

아무 생각도 없이 계속하고 있으면, 몸이 그것에 익숙해져서,



인생의 즐거움을 발견하는 법

하는 일이 고통스럽지 않게 된다. 계속해서 더 하고 있으면 즐거워진다. 그렇게 되면 만사가 즐겁다.

학원의 선전 문구에 '하고자 하는 마음을 일으켜 줍니다.' 라는 게 있었다. 의욕을 불러일으켜 준다는 말이다. 부모가 가장 바라는 일이다. 그러나 하고자 하는 마음을 믿고 뭔가를 시키는 것은 위험하다. 하고자 하는 마음이 없어지면 고통이 되기 때문이다.

"내가 성공한 데에는 아무런 장치도 없다. 단지 해야할 일을 앞에 두고 나의 전력을 다했을 뿐이다."

미국의 철강왕 카네기가 한 말이다. 일본에서 그 같은 말을 한 사람은 에도(江戶) 말기의 농정가(農政家)였고 근면하기로 유명한 니노미야 손토쿠(二宮尊德)이다.

해야 할 일이 있을 때에는 자기의 사정을 들어주지 말라. 아무것도 생각지 말고 무작정 착수해볼 일이다.



시간을 넉넉하게 쓰는 지혜

## 30. 바쁜 것은 시간을 쓰는 방법이 서투른 때문이다

무턱대고 바쁘다고 말하는 사람을 흔히 보는데, 시간이 없는 게 아니고 요령이 없는 경우가 대부분이다. 그 증거로, 일을 잘하는 사람이나 많은 일을 하는 사람은 바쁘다고 하지는 않는다. 말 없이 데꺽데꺽 해치운다.

바쁜 데에는 두 가지 타입이 있다. 한 가지는, 남에게 바쁜 체해서 자랑하고 싶어하는 사람이다. "시간 여유가 있는 날은 언제요?" 하고 물으면, 느릿느릿 수첩을 꺼내어, "2개월 동안은 스케줄이 꽉 차 있군요." 하고 말한다. 바쁘지 않으면 인간의 가치가 떨어지는 줄로 생각하고 바쁜 것처럼 보이는 짓이다.

또 한 가지는, 시간 관리가 서툴러서 정말로 시간이 없는 사람이다. 이런 사람은 시간을 쓰는 방법이 서투르다. 당장 할 수 있는 일을 뒤로 미룬다, 우선 순위를 정하지 않는다, 일손이 느리다 등과 같은 결점을 지니고 있다.

시간이라는 것은 자기가 만들어 내는 것이다. 예를 들면 편지 한 장 쓸 시간이 없다고 한탄하는 사람이 있는데, 그런 일은 있을 수 없다. 가만히 들어보면, 쓰려고 할 때 편지지가 없거나, 주소록이 없거나 해서 쓰지 못하는 것이다.



인생의 즐거움을 발견하는 법

준비해 두지 않으면 할 수 없는 일이 많이 있다. 하지만 준비만 되어 있으면 편지 같은 건 10분이면 쓸 수 있다. 다방에서 사람을 기다리는 시간에도 쓸 수 있는 일이다. 또 약속 시간보다 늦게 가는 것도 시간을 없애는 큰 요인이다.

15분 일찍 도착하면 전화를 두세 군데 걸고, 엽서 정도는 쓸 수 있다. 하지만 늦게 가면 그럴 여유는 완전히 없어진다. 늦게 가는 이유가 또한 나쁘다.

예를 들면 30분 후에 나가면 딱 맞는다고 하면, "어중간한 시간이야." 하고 말하면서, 30분을 허비하고 만다. 그런 경우에는 일찍 가서 뭔가를 하면 된다. 또 시간을 정하지 않는 것도 '시간이 없다'고 하는 사람의 특징이다. 사람을 만나서 15분 동안에 볼일을 마치면, 나머지 15분 정도의 잡담을 하고 일단락을 지으면 된다. 그런데도 한 시간이나 두 시간이나 지루하게 얘기를 한다. 그런 다음에는 시간을 바꿔 넣을 수가 없게 된다. 일단 스케줄을 정하면 변경하지 말아야 한다. 내일 하기로 예정되어 있었다 하더라도 날짜가 다가오면 오늘 해치울 수 있는 일도 있다.


시간을 넉넉하게 쓰는 방법

수첩에 스케줄을 빽빽히 적어 넣는 것은 좀 생각해볼 일이다.
스케줄의 유연한 변경을 하기가 어려워진다. 아무래도 적어 놓
은 그대로 하려고 고집을 부린다. 나는 원칙적으로 수첩에 적어
넣는 것은 항목만 적기로 하고, 행동 스케줄의 조정은 머리 속
에서 한다. 그렇게 하는 편이 임기응변으로 그때그때 변경할 수
도 있고, 시간을 허비하지 않아도 된다.


인생의 즐거움을 발견하는 법

## 31. 퇴근 후의 행동 반경을 넓히라

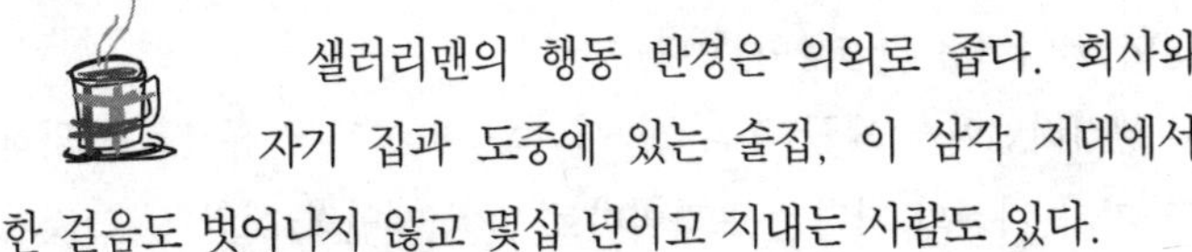

샐러리맨의 행동 반경은 의외로 좁다. 회사와 자기 집과 도중에 있는 술집, 이 삼각 지대에서 한 걸음도 벗어나지 않고 몇십 년이고 지내는 사람도 있다.

그런데 최근에는 이것을 벗어나, 일이 끝나는 저녁 5시 이후인 퇴근 후 극장이나 미술관이나 음악실 등으로 발길을 넓히는 사람이 늘어나는 것같다. 이것은 좋은 일이라고 생각한다.

회사와 가정과 술집에서는 아무리 유능한 사람이라 하더라도 진보할 수는 없다. 지금까지 그렇게 살아 온 것은 회사가 진보하지 않는 사람이라도 데리고 있었기 때문이다. 그러나 앞으로 그렇게는 되지 않는다.

미증유의 인원 재배치가 단행되려 하고 있기 때문이다. 게다가 재배치는 이른바 언어의 뉘앙스이지, 실제는 적정 인재의 철저한 재평가이다. 간단히 말하면, 인간의 재고 정리(在庫整理)인데, 이 때 불필요한 것은 지체없이 내버리려고 하는 것이다.

이런 큰 변화가 일어나려고 하는 시대에 작은 회사와 가정만을 왕복하고서는 유능한 인재가 될 수가 없다. 시대의 숨결을 피부로 느끼고 자기 자신을 활성화하지 않으면 맨 먼저 정리 대상이 되어버릴 가능성이 있다.

샐러리맨에게 퇴근 후의 몇 시간은 귀중하다. 휴일을 제외하면 자기 자신의 참다운 프라이비트 타임(개인적 시간)은 그것밖에 없기 때문이다. 지금까지는 그 시간을 동료와 술을 마시고 마작을 하면서 지내왔다.

이것도 교제의 일종이어서, 아주 효과가 없다고는 할 수 없지만, 다른 각도로 보면 잔업 수당이 붙지 않는 잔업이라고 할 수도 있다. 적어도 자기의 시간이라고는 할 수 없다. 그와 같은 식으로 시간을 쓰기에는 시간이 너무나 아깝다는 것을 이제야 겨우 깨달았다는 말일 것이다.

그 시간대를 회사의 동료와 떨어져서 행동하는 게 좋다. 혼자서 보내는 게 이상적이다. 혼자서 영화관에 가서 영화를 보거나 연극을 보거나 음악을 듣거나 하면서 지금까지와는 다른 짓을 해보아야 한다. 그 때, "어차피 할 바에는 가족 서비스를 겸해서……." 등과 같은 고식적인 생각은 하지 말아야 한다.

그런 생활을 1년 간쯤 계속하면 당신은 틀림없이 싹 달라질 것이다. 읽는 잡지나 신문도 싹 바뀔 것이고, 텔레비전의 프로


인생의 즐거움을 발견하는 법

그램의 취향도 변하다. 옛날 사람은 인생살이를 하다가 막다른 곳에 부닥치면 여행을 했지만, 현대에는 퇴근 후의 몇 시간 동안에 대도시의 밤거리를 돌아다니는 것만으로도 훌륭한 여행을 할 수 있다.

멀리 갈 필요는 조금도 없다. 자기의 행동반경을 몇 킬로미터 넓히기만 하면 된다.

"여행이 나에게 얼마나 싱싱한 것, 새로운 것, 자유로운 것, 참다운 것을 가져다 주었던가? 여행을 떠나기만 하면 나는 언제나 참다운 내가 되었다."〔다야마 가타이(田山花袋)의 『도쿄 30년』에서〕


시간을 넉넉하게 쓰는 방법

## 32. 일 이외에 쓰는 시간을 좀더 늘이라

이것은 천직(天職)을 가지고 몰두하고 있는 사람에게 하는 말이 아니다. 먹고 살기 위해서 일을 하고 있는 사람에게 하고 싶은 말이다. 화가는 그림을 그리는 데 전심 전력을 기울인다. 그것은 일이기는 하지만, 일이라는 범주를 벗어나, 삶 자체와 그림을 그리는 일이 일치하는 그런 일이다. 그것이 아무리 고달파도 거기에서 빠져나올 수는 없다. 즐거우면 더욱더 그렇다. 일종의 업보(業報) 같은 것이다.

이런 부류의 사람을 제외하고, 일반적으로 직업을 가지고 살아가고 있는 인간은 생활의 양식을 얻기 위해서 노동을 하고 있다. 샐러리맨의 대부분도 그럴 것이다. 그런 사람일지라도 일에서 즐거움을 발견하는 것은 중요하다. 하지만 화가와 똑같이 취급할 수는 없다.

일은 생활의 양식을 얻는 범위 안에서 하고, 그 다음에는 자기의 시간을 갖도록 한다. 이것이 인생을 즐겁게 하는 생활 방식이다. 유럽의 샐러리맨에게는 이러한 사고 방식이 침투해 있어서, 회사를 정각에 마치고 즉시 집으로 돌아가서 개인적인 시간을 즐긴다. 휴가도 남김 없이 쉰다.

　그런데 일본인은 하루의 절반 이상을 회사와 관련된 일에 써 버리고 마는 일이 많다. 그러한 인생을 다시 평가할 필요가 있다고 생각한다. 일본의 샐러리맨은 옛날의 무사(武士)와 흡사하다. 회사는 영지(領地)이고, 사장은 영주(領主)다. 무사가 회사를 위해서 전심 전력을 기울임으로써 가정의 존속을 꾀했던 것처럼, 샐러리맨은 회사에 충성을 맹세함으로써 인생의 녹(祿)을 보장받았다.

　하지만 근년에 이르러서는 그 원칙이 무너지기 시작했다.

　첫째는, 장수 사회(長壽社會)가 무너졌기 때문이다. 옛날에는 정년까지 근무하고 퇴직금을 받으면 한평생 먹고 살 수 있었다. 평균 수명이 짧았기 때문이다. 지금도 퇴직금과 연금을 타면 그럭저럭 오래 살 수 있으나, 앞으로는 그렇지 못하다. 평균수명이 더욱더 길어져서, 연금 지급을 하기가 어려워진다. 오래 살기 때문에 노후의 자금이 막대하게 필요하지만, 회사에는 그렇게까지 돈을 내줄 힘이 없다. 한평생 돌봐 줄 존재가 아니므로 일생 동안 충성을 바치겠다고 맹세할 필요도 없다.

　둘째는, 회사관(會社觀)이 변했다는 것이다. 회사는 이젠 영


시간을 넉넉하게 쓰는 방법

지가 아니다. 생활의 양식을 얻는 기관이라고 생각하는 편이 좋다. 그러므로 시간과 능력을 조금씩 잘라서 팔면 그만이다. 간단히 말하면, 파트의 연장이라고 생각하면 된다. 고용하는 쪽에서도 그렇게 생각하기 시작하고 있다. 그렇게 되면 인생의 대부분을 일을 하는 데 써 버리는 것이 얼마나 시시한 것인지 알게 된다.

그런데 일을 열심히 하는 샐러리맨일수록 일을 하고 나면 어떻게 즐기는지를 몰라서 골치를 앓고 있다. 일이 없으면 아무것도 할 수 없다. 그런 사람들은 일 이외의 시간을 조금이라도 많이 잡아야 한다. 그렇게 하면 저절로 어떻게 살 것인지 좋은 생각이 떠오르고, 즐거움이 맛볼 수 있게 된다. 빨리 회사에서 해방되고 싶어한다. 자기 스스로 즐기는 데에 좀더 욕심을 많이 내라.


인생의 즐거움을 발견하는 법

# 33. 때로는 행방 불명이 되자

자기가 있는 곳을 아침부터 밤까지 누구에겐가 정확히 알려주지 않으면 마음이 놓이지 않는 사람이 늘어난 것 같다. 인간의 행동은 알리바이를 만드는 게 아니니까, 그렇게 자기가 있는 곳을 분명히 할 필요가 있겠는가? 때로는 행방 불명이 되어 보는 것도 생명의 세탁에는 필요한 일이 아닐까 하고 생각한다. 최근에는 휴대 전화와 포켓 벨이 크게 유행해서, 다방은 그렇다 치고, 버스 속이나 사찰의 경내에서도 전화를 하고 있는 사람이 있다.

이렇게 바쁜 세상에 악착같이 일을 하고 있으면, 어느 누구에게도 방해받지 않는 개인적인 시간이 필요할텐데, 일부러 자기 스스로 그걸 포기해 버리고 있으니까 그런 사람의 심경이 의심스럽다. 그 정도로 심심할까? 휴대 전화도 포켓 벨도 스위치를 끊을 수 있다. 일을 하기 위해서 어쩔 수 없이 가지고 다닐 경우도 있겠지만, 근무 시간이 지나면 그런 건 내던져 두는 게 정상적인 인간의 행위라고 생각한다.

그렇지 않아도 전화라는 건 일방적인 침입자인데, 그런 방자한 폭력적인 행위에 시간과 정력을 낭비하다니 말도 안 된다.


시간을 넉넉하게 쓰는 방법

그런 스트레스 때문에 앞으로는 암이나 성인병이 틀림없이 증가할 것이다. 이러한 시대이기 때문에, 때로는 행방 불명이 되어 자기를 확인하는 시간이 필요하리라고 생각한다. 행방 불명이란, 별다른 의미가 있는 게 아니고, 어느 누구한테도 방해받지 않는 시간과 공간을 하루에 한 시간 이상 가져야 함을 뜻한다.

"집에 돌아가면 그건 할 수 있다."고 말하는 사람은 내 말의 참뜻을 모르고 있다. 가족도 친구도 친지도 직장 동료도 선배도 모두 다 보이콧하고, 단 혼자가 되는 것이다. 나는 그러한 시간을 1주일에 몇 시간은 갖도록 하고 있다. 아무도 모르는 술집에 혼자 들어가서 술집 사람하고도 말을 하지 않고 술을 홀짝홀짝 마신다.

전화 따위는 절대로 걸려오지 않고, 내가 누구인지 아는 사람도 없다. 그러한 환경 속에 들어가 앉아 있으면, 내가 얼마나 사회 조직 속에 처박혀 날마다 기어 돌아다니는지 그 모습이 잘 보인다. 이대로 사라져 버린다면 어떻게 될까? 당장은 관계자 일동이 깜짝 놀라겠지만, 한 3개월만 지나면 나에 대한 관심도 나날이 희박해져서 모두들 아무 일도 없었던 것처럼 살아가고


인생의 즐거움을 발견하는 법

있을 것이다.

　그런 망상을 그려보는 것도 즐겁다. 죽는다는 것은 행방 불명이 되는 것과 같은 것이다. 길고 긴 행방 불명. 영원한 행방 불명. 프랑스의 여류 화가인 마리 로랑생은, "내가 죽거든 아무도 나를 만나러 오지 말라."고 했는데, 이 말은 어쩐지 우스꽝스런 뉘앙스가 느껴져 좋은 말이다. 자기 자신은 만나러 가기로 작정하고 있었을까? 이런 부질없는 것을 한때나마 생각하다가 나는 휴가를 마친 병사처럼 또다시 전장으로 되돌아간다.

## 34. 때로는 사보타주하여 충전하자

에도(江戶) 말기의 농정가인 니노미야 긴지로(二宮金次郎)라고 하면 근면과 인내의 인물이어서 나태나 사보타주(Sabotage)와는 거리가 먼듯하지만, 일생에 단 한 번 "아, 이젠 지겹다!" 하고 3개월 간이나 일을 내팽개쳐 버린 적이 있다. 그 때 긴지로는, 오늘날의 가나가와 현(神奈川縣) 남서부에 있는 상업 도시인 오다와라(小田原)의 영주 오쿠보 다다자네(大久保忠眞) 공(公)의 부탁을 받고 마을의 부흥을 위한 프로젝트를 총 지휘하고 있었다. 계약 기간은 10년. 벌써 6년째에 접어들고 있었다.

이 마을은 이름난 악당이 많은 곳이었는데, 그 때까지 여러 명의 지휘관이 부흥을 위한 일에 손을 댔으나 모두 다 실패했다. 긴지로는 영주의 분부라고는 하지만, 농사꾼 출신이다. 만일 성공하는 날에는 지금까지의 지휘관은 무얼 하고 있었느냐는 말을 듣게 된다. 그렇게 해서는 무사로서의 면목이 서지 않는다. 그래서 일을 제대로 하지 못하도록 방해하는 사람이 많았다.

긴지로의 방식이라는 것은 이른바 성선설(性善說)에 입각한


인생의 즐거움을 발견하는 법

것인데, 일을 하는 사람에게는 집을 주고, 식량을 주며, 돈을 빌려주는 등, 온갖 정성을 다해 극진히 대접했으나, 반대 세력이 끼여들어 방해하는 바람에, 일이 잘 진척되어 갈 만하면 반란이 일어나곤 해서 지지부진한 상태였다.

긴지로는 실패를 거듭한 끝에 성선설을 거둬들이고, 엄격한 방법을 쓰기 시작했다. 그랬더니 당장에 비방과 중상의 소용돌이가 되어, 오쿠보 공으로부터 에도 영주 댁으로 나오라는 명령을 받았다. 이름난 영주였던 오쿠보 공은 즉시 사정을 알아채고, "기운 내어 잘 해 주게." 하고 말했으나, 용납하지 않는 사람은 긴지로 쪽이어서, "그렇게 여러 놈들이 몰려들어 일을 방해한다면 더 이상 못 해 먹겠습니다." 하고 행방 불명이 되고 말았다.

인간의 가치는 그 사람이 없을 때 알게 된다. 마을 사람들은 긴지로가 마을을 위해서 얼마나 성심 성의껏 일했는지를 새삼스럽게 깨닫고, 그가 돌아오기를 애타게 기다리게 되었다. 마음을 돌리고 3개월 후에 돌아온 긴지로는, 자기 자신도 오랫동안 쉬면서 기운을 재충전하고 있었으므로 힘이 백배나 더 솟았다. 모


시간을 넉넉하게 쓰는 방법

든 사람들이 열심히 일해 준 덕택으로, 약속했던 10년째에는 마을이 훌륭히 부흥되었다.

최근의 텔레비전 CM에서는 아내가 남편과 밤 늦게 한잔하면서, "여보, 내일은 회사를 쉬세요." 하고 부추기는 장면이 나온다. 때로는 이유 같은 것은 없어도 좋으니까 회사에 나가지 말고 경마에 간다든지, 3일 동안 계속해서 빈둥빈둥 논다든지 하면서 언어도단의 게으름을 피우는 것도 좋지 않을까?

여러 해 동안 똑같은 생활을 하면, 그 리듬이 가져오는 피로의 앙금 같은 것이 괴게 된다. 이것은 정상적인 리듬 안에서의 휴식으로는 풀리지 않는 피로감이다. 날마다 청소를 해도 손이 닿지 않아서 쌓여 있는 먼지 같은 것이다.

그것을 없애기 위해서는 리듬을 깨는 수밖에 없다. 근면한 사람일수록 용기를 내어 주위 사람들이 눈을 크게 뜨고 바라볼 정도로 허튼 짓을 해 보는 것도 좋다. 틀림없이 뜻하지 않은 신선한 에너지를 충전(充電)할 수 있을 것이다.

## 35. 더러는 '따분함'도 겪어 보자

현대인의 한 가지 특징은 따분함을 두려워한다는 것이다. 따분해지는 게 싫어서 일이나 놀이에 힘을 쏟는다. 유능한 인간일수록 쉴 겨를이 없는 스케줄을 가지고 있는데, 그걸 충실한 인생이라고 굳게 믿고 있다.

"일만이 아니야. 이보라구, 놀이도 꽉 차 있다구."

이것은 잘못이라고 생각한다. 일과 놀이는 같은 것이기 때문이다. 일과 놀이가 꽉 차 있어서 쉴 틈이 없는 것은 따분함의 정반대 쪽에 있는 것을 오로지 한결같이 계속하고 있는 것에 지나지 않는다. 색깔로 말하면 단색밖에 없는 것이다.

교도소의 독방에 들어가 있는 것처럼 아무것도 할 일이 없는 상태가 따분함이다. 따분함이 어째서 중요하냐 하면, 인간이 무엇을 생각하기 시작하는 것은 따분해지는 시간이기 때문이다. 따분해지는 시간이 없다는 것은 무엇을 생각할 시간도 없다는 것이다.

요즘의 아이들이 책을 읽지 않게 된 것은, 공부나 놀이를 하느라고 따분해 할 틈이 없기 때문이다. 독서라는 것은 최고의 심심풀이지만, 어린이들은 전혀 따분하지 않으니까 책 따위는


시간을 넉넉하게 쓰는 방법

읽을 마음이 나지 않는다.

어른들도 비슷비슷하다. 따분함을 싫어해서 자꾸만 일을 찾아서 한다. 일이 없으면 놀이를 생각한다. 그렇게 몇십 년을 지내고 마니까, 정년이 되어 정말로 따분함에 직면하면 덜컥 겁을 먹고 만다.

어느 지방 도시에 색다른 여관이 있다. 거기에 가면 수첩이나 필기구를 몰수당한다. 일과 관계 있는 전화는 일체 안 걸겠다고 맹세해야 한다. 방에는 텔레비전이나 라디오도 없다. 여관의 주위에도 아무것도 없다. 식사를 하고 부근을 산책하고 난 후에는 친구들과 얘기를 하거나 자는 수밖에 없다.

그 여관에 기업에서 사원을 일부러 들여보내는 모양이다. 마음을 깨끗게 하라는 것이 목적임은 두말할 것도 없다. 그렇게라도 하지 않으면 비즈니스 전사(戰士)는 일을 하고 만다. 아니면, 성급하게 놀아 버리고 만다.

그래서는 마음의 균형이 잡히지 않는다. 스트레스는 해소되지 않는다. 그리고 무의식 중에 심신이 멍들어 간다. 이런 관점에서 보면, 휴대 전화가 보급되는 일은 무서운 현상이라 하지 않


인생의 즐거움을 발견하는 법

으면 안 된다. 그런 걸 가지고 있으면 따분해 할 수가 없기 때문이다.

굶주리기가 어렵듯이 따분함을 겪어 보기도 어려운 시대이다. 하지만 때로는 굶주려 보는 것이 음식의 소중함을 알 수 있는 좋은 기회인 것처럼 따분함을 겪어 보는 것은 일이나 놀이가 얼마나 고마운 것인지를 알 수 있는 좋은 기회이다.


시간을 넉넉하게 쓰는 방법

## 36. 꽃을 즐기는 마음의 여유는 있는가

이렇게 하고 싶다, 저렇게 하고 싶다고 생각하면서 좀처럼 실행하지 못하는 일이 있다. 일에 쫓기고 있으면, 절치부심하고 있으면서도 마음 먹은 것의 10%도 하지 못했는데 시간은 지나가 버린다.

그런 경우에 마음의 해결책으로 누구나 다 생각하는 것은, "틈이 나면 절대로 하고야 말겠다."라는 맹세이다. 하지만 이러한 방식은 안 된다. 아무리 바쁘더라도 한 가지 곁길로 빠지는 뭔가를 가지고 있지 않으면 점점 더 여유를 잃어버리게 된다. 여유라는 것은 생기는 것이 아니고 만드는 것이다.

내가 꽃을 즐기는 마음의 여유를 잃지 말라고 한 것은 아무리 바쁘더라도 자기 집 어딘가에 꽃을 꽂는 일쯤은 할 수 있다고 생각하기 때문이다. 화장지를 새로 갈아 놓는 것과 같은 정도의 노력으로 그것은 할 수 있다.

다만, 한 가지 조건이 있다. 그것은 자기 스스로 해야 한다. 아내가 해 준다고 하거든 자기 자신도 참가해야 한다. 아내가 아무리 사시사철의 꽃들을 서재에 장식해 놓았자 별다른 효과는 없다. 자기 스스로 주문한다든지, 혹은 아내나 아이들과 함께


인생의 즐거움을 발견하는 법

꽃을 관상(觀賞)하면서 꽃에 관한 이야기를 나누는 시간을 한때나마 갖는다. 그러한 시간을 억지로라도 만들어야 한다.

물론 꽃이 아니더라도 좋다. 가정에서 토마토나 오이를 심어도 좋고, 금붕어나 열대어를 기르는 것도 좋다. 자연의 아름다움이나 동식물과의 공생감(共生感)을 잃으면 안 된다. 최근의 가정에는 물질은 풍부하지만, 생명이 없는 장식이 많다. 동식물이 보이지 않는 방의 주인은 정서라는 점에서 틀림없이 문제가 생길 것이다.

자기 혼자 부임한 어떤 사람은 아내하고 세 가지 약속을 했다고 한다. 열 가지 요리를 만들 수 있게 될 것, 편지를 자주 쓸 것, 그리고 꽃을 장식할 것의 세 가지이다. 실제로 꽃을 꽂아 보고 나서야 그 사람은 많은 공부를 하게 되었다고 한다.

꽃을 장식하는 일이 얼마나 마음을 부드럽게 해 주느냐가 우선 첫째이고, 꽃을 오래 가게 하는 방법을 알게 되었으며, 꽃을 돌보고 있는 사이에 꽃에 대한 강한 애착을 느끼게 되고, 거기에서 지금의 환경 파괴의 죄가 얼마나 큰지를 깨달았다는 것이다.


시간을 넉넉하게 쓰는 방법

비즈니스맨은 오로지 일만 하느라고 감정이 메마르기 쉬우나, 꽃 한 송이를 꽂아 놓기만 해도 이만큼 변신할 수 있다. 아직은 감성이 메말라 있지는 않다.

중요한 것은, 뒤로 미루지 말고 당장 해보는 일이다. 아무리 일이 바쁘다고 해도 24시간 내내 하는 것은 아니다. 마음만 있으면 얼마든지 할 수 있을 것이다.

# Ⅲ. 행복하게 사는 지혜

## 37. 행운이나 불운은 해석하기 나름이다


'적선(積善)한 집안에는 반드시 남은 경사가 있고, 적선하지 않은 집안에는 반드시 남은 재앙이 있다.' 중국의 사상서인 『역경(易經)』에 나오는 유명한 격언이다. 착한 일을 꾸준히 쌓아 온 집안에는 반드시 좋은 일이 자손에게까지 미치고, 악한 일을 연달아 저질러 온 집안에는 반드시 재앙이 자손에게까지 미친다는 말이다.

이 말의 뜻을 그대로 받아들이면, 지금 재앙이 일어나는 것은 조상님이 어떤 악한 짓을 한 결과라는 말이 되어, 악한 짓을 전혀 하지 않은 자손에게는 난처하기 짝이 없는 말이 된다.

『역경』은 점(占)에 관한 고전이기도 하다. 고민 거리를 안고 점쟁이를 찾아가면, 이러한 인과율(因果律)이 있다고 하면서, "이 재앙을 없애는 데에는 조상님에게 제사를 지내는 수밖에 없소." 하고 말한다. 그러면서 무슨 뜻인지 알 수도 없는 부적(符籍)을 사라고 하거나 묘를 다시 쓰라고 권하는 점쟁이도 있다. 더러는 큰 돈을 뜯기는 사람도 있는 모양이다.

원인이 있어서 결과가 발생하는 것은 당연하지만, 무엇이 원인이고 무엇이 결과인지는 그렇게 간단히 알 수 있는 게 아니


행복하게 사는 지혜

다. 몇 대의 어느 선조가 무엇을 어찌 어찌해서……라는 얘기가
되고 보면, 그것은 1퍼센트도 진실성이 없는 창작이라고 생각해
도 틀림이 없다.

　정원에 한 그루의 삼나무 싹이 났다고 가정하자. 산에서 바람
따라 날아온 삼나무 씨가 싹을 틔운 것이다. 그것을 보고 기뻐
할 것인지 귀찮게 여길 것인지는 그 집안 사람이 해석하기 나름
일 것이다. 선조가 무슨 일을 어떻게 했다는 얘기도 역시 마찬
가지여서 생각하기 나름이다.

　예를 들면 아들은 입학시험에 실패한다. 딸은 연인과 다툰 끝
에 헤어진다. 아내는 주식 투자를 했다가 큰 손해를 보고, 남편
은 병에 걸린다. 한 집안에서 연달아 이런 일이 일어난다면 가
족들이 모두 마음이 약해져서 살풀이를 위한 푸닥거리라도 하고
싶을 것이다. 하지만 내 생각으로는 '불운을 당했다.'는 생각조
차 할 필요가 없다고 본다. 아들의 입학 시험 실패는 새로운 진
로를 발견하는 계기가 될지도 모른다. 딸이 싸우고 헤어진 애인
은 아주 못된 놈이었는지도 모른다. 주식 투자의 실패는 앞으로
크게 한몫을 보기 위한 좋은 경험이 될지도 모른다. 남편의 병


인생의 즐거움을 발견하는 법

은 당장 손을 쓰지 않으면 안 되는 큰 병을 발견하는 계기가 될
지도 모른다. 해석하기에 따라 이렇게도 저렇게도 생각할 수 있
는 것이다.

어느 경우든지 현재를 긍정적으로 받아들여 좋은 방향으로 해
석하고, 그렇게 되리라고 믿는다면, 그것이 곧 적선이다. 적선
한 집안에는 반드시 좋은 일이 생긴다. 그것이 먼 장래인지 지
금 당장인지는 모르지만, 지금 일어나 있는 일이 바람직하지 않
은 일일지라도 그 일에 쓸데없는 의미를 붙일 필요는 없다. 행
운이나 불운은 해석하기에 달려 있다.


행복하게 사는 지혜

## 38. 핸디캡이란 재능의 일부이다

인생을 우울하게 하는 것 중에는 핸디캡이라는 것이 있다. 남보다도 못하다고 느껴지는 것을 의식할 때, 대부분의 사람들은 몸이 움츠러지고 기가 죽어 우울한 심정이 된다. 학력도 모자라고 질병에 걸려 있으며, 교제하는 수단도 서투르고 가난한데다가 얼굴조차 못생기고……. 이런 생각을 하고 있으면 소극적인 인간이 되어 버리는 수가 많다.

하지만 이것은 쓸데없는 걱정, 이른바 기우(杞憂)라는 것이다. 인간이면 누구나 다 어떤 핸디캡을 의식하고 있지 않은 사람은 없다고 해도 지나친 말은 아니다. 더러 있기는 하지만, 그런 인간은 단순히 무신경한 사람이니까 제외하고, 보통의 신경을 가지고 있는 사람은 모두가 핸디캡을 느끼고 있다.

예를 들면 남보다도 배나 큰 유방을 가지고 있는 여성은 그 점에 몹시 걱정하고 있는 경우가 적지 않다. 부끄러워서 바깥에도 나가고 싶지 않다는 여성도 있다. 이전에 눈이 휘둥그레질 정도로 아름다운 미인이 정색을 하고 "내 얼굴이 보기 싫다."고 말하는 것을 보고 놀랐다. 어째서 보기 싫은가라는 이유는 듣지 못했으나, 사람이 생각지도 않은 핸디캡을 의식하고 있는 것은 사실이다.

핸디캡을 어떻게 극복하느냐 하는 문제는 그 사람 나름이다. 가장 좋은 방법은, 그것을 역으로 이용하는 일이다. 핸디캡을 무기로 삼는 일이다. 성공한 사람은 대개 그런 타입에 속하는 인간이다.

1대에 많은 재산을 모은 창업 경영자는 핸디캡을 이용한 사람이 많다. 가난한 환경이나 학력의 부족에서 오는 마이너스 요소를 에너지로 삼은 결과이다. 그러한 인간에게서 엿볼 수 있는 한 가지 장점은 현재의 상황을 인식하는 솔직성, 어떤 고난도 발전적·적극적으로 해석하는 긍정 사고이다. 이런 사고만 할 수 있다면 도리어 핸디캡은 없는 것보다는 있는 편이 더 좋다.

핸디캡에 좌절하고 마는 인간에게 공통적인 것은 핸디캡을 수단으로 삼아 활용할 줄 모르는 인간이다. 고등학교의 검도 대회에서 한쪽 팔만 있는 외팔 검사(劍士)가 화제가 된 일이 있다. 태어나면서부터 한쪽 팔이 없는 어린이가 검도부에 들어가 두각을 나타내어 큰 대회에서 상위 입상까지 하게 되었다. 그의 경우에는 핸디캡이 남보다도 배나 더 고된 연습을 하게 했다. 재


행복하게 사는 지혜

즈 피아노 세계에서 가장 뛰어나다는 평을 들었던 피아니스트는 두 눈이 다 먼 장님이었다. 핸디캡은 어떤 사람들에게는 핸디캡이 아니고 오히려 재능의 일부라고 해도 좋을지 모른다.

핸디캡을 마이너스 요인이라고 의식하면 마이너스 결과를 부른다. 플러스라고 해석하면 플러스로 바뀐다. 이런 점으로 보아, 일반적으로 핸디캡이라고 해석되는 것은 한 가지 특성에 지나지 않는다. 핸디캡이라는 것은 극복해야 할 대상이라고 생각하기보다는 오히려 그 특성을 어떻게 살릴 것인가 하고 생각하는 편이 좋을지도 모른다.


인생의 즐거움을 발견하는 법

## 39. 결점을 고치기보다는 장점을 기르라

경영 컨설던트인 후나이 사치오(船井幸雄) 씨가 후나이종합연구소에서 시행하고 있는 기업 지도의 방식에 대해서 다음과 같은 말을 했다.

"장점을 신장시키는 편이 결과가 빠르다—이것이 내 생각입니다. 그러므로 우리 회사의 컨설던트업무에서도, '결점 따위에는 눈을 감으라. 결점을 지적하거나 결점을 시정하는 짓은 될 수 있는 대로하지 말라.'고 나는 사원에게 당부하고 있습니다. 하고자 하는 의욕을 가지고 좋은 점만을 신장시키면, 이상하게도 기업이나 인간이나 자연스럽게 행운이 돌아옵니다. 행운이 돌아오면 자신을 갖게 됩니다. 모든 일이 좋은 방향으로 움직이기 시작합니다." (『생활 방식의 발견』 산마쿠 출판사 발행 중에서) 이것을 후나이 씨는 장점 신전법(長點伸展法)이라고 부르고 있거니와, 마이너스인 결점을 시정하더라도 기껏해야 제로이므로 장점을 신장하는 편이 훨씬 더 유익하다. 미국의 외과 의사이자 교수인 J. 머피는, "적극적인 마음가짐을 지닌 사람의 가장 큰 장점은 어떤 일에 대해서 좋은 면을 발견하는 능력이 뛰어나다는 것입니다."라고 말했거니와, 결국은 같은 뜻의 말일


행복하게 사는 지혜

것이다.

이것은 결점을 무시하거나 고치지 않아도 된다는 말은 아닐 것이다. 분명한 결점은 고치지 않으면 안되지만, 결점과 장점이 표리 관계가 있어서, 결점을 고치면 장점이 사라지는 경우도 있다. 그러므로 결점이니 장점이니 하지 말고, 우선은 장점을 기르기 위해서 노력해보아야 한다. 그렇게 하면 결점이 언젠가는 사라져 버린다. 이런 뜻일 것이라고 나는 생각한다.

사람은 걸핏하면 결점을 자각하고 고치려고 노력하고 있다. 하지만 그 시도는 좀처럼 잘 되지 않는다. 결점을 고치려고 하는 노력은 즐겁지 않기 때문이다. 즐겁지 않은 일에는 아무래도 엉거주춤한 태도가 된다. 게다가 고쳐 보았자 결국은 제로이다. 인간이 하는 노력 중에서 가장 부질없는 노력이다.

예를 들면 화를 잘 낸다든지 건망증이 심하다는 결점을 고치려고 열심히 노력하는 사람이 있는데, 이런 노력은 헛된 노력이 되는 수가 적지 않다. 이러한 결점을 시정하려고 노력하기보다는, 화를 잘 내는 사람이 남과 사귀기를 좋아하거든 그 점을 자꾸 신장시키는 편이 좋다. 건망증이 심한 사람이라면, 무엇이든


인생의 즐거움을 발견하는 법

지 즉시 메모하는 습관을 붙이면 그런 결점은 사라지고 만다. 또 신체적인 면에서 열등감을 갖는 것도 부질없는 짓이다. 자기가 생각하고 있는 것만큼 다른 사람은 마음 속에 담아 두고 있지 않다는 것을 알아야 한다.

그러므로 결점의 시정이라고 하지 않고, '이것이야말로 내 장점이다.'라고 가슴을 펴는 데에 좀더 노력을 기울이는 편이 훨씬 더 유익하다. 무엇인가에 절대적인 자신을 지니고 있으면, 이상하게도 결점이 결점으로 느껴지지 않게 된다. 오히려 결점이 있는 편이 그 사람의 매력을 더해 주는 것 같다. 결점이 없는 매력이란 증류수 같은 것이다.


행복하게 사는 지혜

## 40. 공포는 나쁜 상상에 지나지 않는다

    성공 이론가인 나폴레옹 힐은 공포라는 것의 실
체에 대해서 다음과 같은 말을 했다.

"공포는 모든 논리를 무력하게 하고, 모든 상상을 파괴하며,
모든 자신(自信)을 꺾어 버리고, 모든 열성을 지워 버리며, 모든
의욕을 없애 버리는 힘을 지니고 있다. 그리고 사람들을 나태와
비참과 불행의 세계에 빠뜨리고 마는 것이다."

어쩐지 끔찍해서 읽기만 해도 우울한 기분이 되고 만다. 그러
나 인간은 공포감이라는 것을 끊임없이 가슴 속에 안고 살아가
고 있으므로, 이것과 잘 사귀는 방법을 알고 있는 것과 모르고
있는 것과는 인생의 풍경이 상당히 달라진다.

간단히 말하면, 공포감을 극복할 수 있으면 인생이 좀더 즐거
워진다. 그래서 공포감이라는 것에 대해서 생각해보자. '공포
(恐怖)'라는 것은 글자의 모양도 무시무시하지만, 그 정체(正體)
를 따지고 보면 참으로 시시한 것이다. 분명히 말해서 조금도
무섭지 않은 것이다. 왜냐하면 시체가 없는 것이기 때문이다.

프랑스의 사상가 알랭은 그 정체를 훌륭하게 간파했다. "공포
는 공포에 대한 공포밖에 안 된다." 다시 말하면 공포라는 것은


인생의 즐거움을 발견하는 법

인간의 나쁜 상상임에 지나지 않는다는 말이다. 머리 속에 그리는 무서운 이미지, 생각의 그림자 같은 것, 그것이 공포라는 말이다.

그 이미지가 마치 사실인 것처럼 우리를 무섭게 만든다. "무서워, 무서워." 하고 있으면, 정말로 무서워진다. 불안해 하고 근심 걱정을 많이 하는 사람은 무엇을 무서워하고 있느냐 하면 공포감을 무서워하고 있다.

일반적으로 여성은 남성에 비해서 겁이 많다. 어두운 밤길을 혼자 가기를 무서워한다. 높은 곳이 무섭다. 뱀이 무섭다. 그런 겁쟁이도 자기가 지켜야 할 것, 예를 들면 아기가 태어난다든지 하면 갑자기 강해진다.

이전 같으면 도저히 할 수 없었던 일을 태연히 할 수 있게 된다. 쐐기를 보기만 해도 질겁을 하며 달아나던 딸이 아기의 얼굴에 쐐기가 앉아 있는 걸 보면 죽기 아니면 살기로 쐐기를 잡아내게 된다. 왜 그렇게 할 수 있느냐 하면, 무서워하기 전에 손이 움직이고 마는 것이다. 움직이면 별로 무섭지 않다는 걸 안다.


행복하게 사는 지혜

행인지 불행인지 인간은 추상적인 일을 이해할 수 있다. 그래서 공포가 느껴질 만한 사태가 일어나지 않은 때에도 공포의 감정을 지니고 만다. "공포의 감정은 완전히 쓸데없는 것이다."라고 스위스의 사상가 힐티는 말했거니와, 우리도 빨리 그점을 깨달을 필요가 있다. 그것이 가장 좋은 공포 극복법이다.

덧붙여 한 마디 한다면, 이 세상에서 가장 악랄한 짓은 남의 공포심을 악용하는 일이다.



인생의 즐거움을 발견하는 법

# 41. 실패는 뒤집으면 보물산이다

성공한 이야기는 듣고 있으면 즐겁고, "나도 한 번 해보자!"라는 마음이 우러나지만, 사실은 실패한 이야기가 더 도움이 되는 것 같다. "다른 사람의 실패만큼 귀중한 것은 없다."고 조직공학(組織工學)연구소장 이토카와 히데오(薩川英夫) 씨는 말했다. 어디가 잘못되었는지에 관한 실례가 많이 있으니까,

그것을 뒤집으면 성공의 비결이 된다는 것이다.

다른 사람의 실패담을 모아서 크게 성공한 사람이 미국에 있다. 데일 카네기라는 사람이다. 철강왕 앤드루 카네기와는 딴 사람이다. 『사람을 움직인다』〔소겐사(創元社) 간행〕의 저자로 알려져 있는 사람이다. 이 사람의 경력이 재미있다. 맨 처음에 종사한 직업은 자동차의 세일즈맨이었다.

세일즈맨으로는 별로 우수하지 않았던 모양인지, 낡은 아파트에서 불행한 나날을 보내고 있었다. 그 당시의 그는 인생에 대해서 지독하게 부정적이어서, 자기를 이 세상에서 가장 불행한 사람이라고 생각했었다고 한다. 그런 그에게 찬스가 온 것은 세일즈에서 손을 떼고 YMCA의 야간 학원에서 '화법 교실(話法敎



행복하게 사는 지혜

室)’ 강사가 되면서부터이다.

원래 교사를 지망했던 그는 새로운 직업에 전심전력을 다해서 몰두했던 모양이다. 다만 월급은 보합제(保合制)였다. 수강생이 오지 않으면 생활을 할 수 없었다. 상당히 각박한 조건이었으나, 그는 거기서 월급 따위보다도 훨씬 더 가치있는 것을 하게 되었다. 그것이 사람의 실패담이다.

야간 학원에는 고민 거리를 안고 있는 어른들만 들어와 있었다. ‘화법 교실’이기 때문에 특히 다른 사람들 앞에서 말을 잘 하지 못하는 고민을 안고 있는 사람들이다. 카네기는 그들의 고민을 듣고 충고를 해 주는 한편, 한 사람 한 사람의 사례를 꼼꼼히 기록해 나갔다.

얼마 안가서 실패 사례가 산더미처럼 쌓였다. 그는 그것을 분석함으로써 일찍이 없었으리만큼 풍부한 실례에 입각한, 참으로 설득력 있는 ‘사람을 부리는 방법’을 발견했던 것이다. 그의 이름은 미국 전체에 널리 알려지고, 고등학생으로부터 대통령에 이르기까지 그의 강의를 듣고 그의 저서를 샀다고 한다.

남의 실패 사례를 이만큼 유효하게 활용한 사람도 없을 것이다.

"실패 따위는 빨리 잊어라." 하고 말하는 사람이 있으나, 이러한 사례를 알면 "당치도 않은 소리! 그런 어처구니 없는 짓은 할 수 없다."는 기분이 든다.

실패 때문에 일어나는 역겨운 기분은 잊어버리는 게 좋으나, 왜 실패했는지는 정확히 분석해 봐야 한다.

그리고 다음에는 실패와는 반대가 되는 짓을 해본다. 사랑하는 연인에게 한턱내고 실연하거든, 다음에는 상대방더러 한턱 사게 한다든지, 어쨌든 반대가 되는 짓을 해본다. 그렇게 쉽게 잘 되리라고는 생각지 않지만, 하는 동안에 점점 조준(照準)이 맞춰질 것이다. 실패했다고 해서 의기소침해 있기만 하면 너무나 무능하다.


행복하게 사는 지혜

## 42. 자신 있는 사람일수록 겸허하다

유명한 대학을 졸업하고 일류 기업에 다니고 있는 어느 청년의 결혼에 대해서 그의 부모에게 상담을 해 준 일이 있다. 이 청년은 몇 번이나 선을 보았는데, 그 때마다 저쪽 여성으로부터 딱지를 맞고 만다는 것이다. 만나 보았더니, 아주 잘 생기고 훌륭한 청년이었다. 하지만 나는 금세 여성으로부터 거절당하는 이유를 알게 되었다.

그것은 그의 내부에 있는 오만한 태도였다. 특별히 입밖에 내어 말할 것은 못 되지만, 시험 전쟁, 취직 전쟁에서 계속해서 승리해 온 승자의 교만같은 것이 몸에서 풍기고 있었다. 좋게 말하면 자신만만이고, 나쁘게 말하면 세상을 얕보고 있다. 그런 태도는 여성도 틀림없이 알게 될 것이다. 여성은 그런 점을 민감하게 느낀다.

본래 인간의 성장은 복잡한 요인의 결과이다. 경쟁에서 패배한 굴욕감이나 슬픔이 플러스로 작용하는 일은 얼마든지 있다. 물론 승리해도 좋은 것이지만, 중요한 것은 사람과 경쟁을 한 결과가 아니라, 어떻게 자기와 마주 대면해서 자기와 싸워 왔느냐 하는 것이다.


인생의 즐거움을 발견하는 법

다른 사람과 경쟁하는 일은 실력있는 사람에게는 쾌감이다. 승리하는 장점도 크다. 게임 감각으로 임하면 인생의 재미를 맛볼 수 있다. 하지만 그러한 인간만 있는 것은 아니다. 승리하고 싶은 욕망 하나로 부정을 저지르는 인간도 있다. 좀더 더러운 짓을 하는 인간도 있다.

사법 시험에서 커닝을 했다는 이야기를 들은 적이 있다. 이제부터 법의 파수꾼이 되려고 하는 인간이 법규를 범하고 자격을 얻으려고 하는 짓은 좀 무서운 느낌마저 든다. 그런 인간이 법조 관계자가 되는 것을 바라지 않는다.

이 청년에게 부족한 것은 겸허(謙虛)였다. 그는 분명히 겸허의 의미를 알고 있지 않다. 인생에서 겸허하게 될 필요성을 느낀 일이 없었을 것이다. 로큰롤 가수인 우치다 유야(內田裕也)씨가 이전에 잡지 인터뷰 기사에서 이런 말을 한 적이 있다. 호텔 복도를 걸어가고 있는데, 맞은 쪽에서 일본에 와 있던 마이클 타이슨(이전의 권투 헤비급 챔피언)이 왔다.

그 호텔 복도는 좁다. 어느 한쪽이 옆으로 비켜서지 않으면 지나갈 수 없다. "어떡한담." 하고 생각하면서 걸어가고 있으니


행복하게 사는 지혜

까, 마이클 타이슨이 얼른 옆으로 비켜섰다.

"세상 사람들이 뭐라하든 저 녀석은 무서운 놈이다."

우치다 씨의 감상이다. 정말로 강한 인간, 자신있는 인간, 여유있는 인간이 겸허한 것은 약해 보이는 것을 무시하지 않기 때문이다.

남들이 무슨 말을 하거나, 또는 어떻게 생각한다고 해서 속상해 하지는 않는다. 다만, 정말로 강하고 자신있고 여유가 있지 않으면 안 된다. 이 청년은 결국 진짜가 아니다. 나는 청년에게 적당한 말을 해 주고 나서 헤어졌다. 말을 한다고 해서 알아들을 사람은 아니라고 생각했기 때문이다. 앞으로 여러 가지 곡절을 겪으면서 자기 스스로 배우는 수밖에 없다.


인생의 즐거움을 발견하는 법

# 43. 표현의 행간을 이해할 수 있는가

정직한 것은 중요하지만, 자기의 마음을 너무나 정직하게 드러내는 일은 자칫하면 트러블의 원인이 된다.

"자기의 마음을 숨기지 못하는 사람은 무슨 일에나 성공할 수 없다."

고 영국의 사상가요 역사가인 칼라일이 말한 그대로이다.

특별히 비밀주의를 권하는 것은 아니다. 예를 들면 레스토랑에서 맛없는 요리가 나왔다고 하자. 그 때, 맛없어 하는 표정을 짓는 것은, 정직하다면 정직이지만, 예의를 모르는 인간이라고 여겨져도 어쩔 수 없다.

세련된 인간은 그런 경우에 절대로 맛이 없는 듯한 표정을 짓지 않는다. 아무렇지도 않은 듯이 남겨 두고 말 없이 돌아가 다시는 가지 않으면 되는 것이다. 한 사람이 맛없는 듯한 표정을 지으면 주위 사람들은 가만히 앉아 있을 수가 없는 기분이 드는 것이다.

또 어떤 일이 잘 되었을 때 기뻐하는 것은 좋으나, 그것도 도를 넘으면 주위 사람들에게 혐오감을 느끼게 한다. 합격한 수험생이 그 자리에서 헹가래를 치고 있는 풍경을 이따금 보는데, 그 기쁨은 이해한다. 그러나 낙방한 사람들도 주위에 있으니까, 조금은 억제하는 편이 좋다. 만세나 축배는 집에 돌아가서 가족이나 친구들과 천천히 하면 된다.

자기의 기분에 충실한 것은 중요한 일이지만, 표현 방법은 생각해 봐야 한다. 이 점을 잘 이해하지 못하는 사람이, "나는 내가 생각하는 것을 바로 말하지만, 절대로 악의로 그러는 건 아니야." 하고 말한다. 인간은 그렇게 악의가 있는 발언을 하거나 태도를 취하거나 하는 존재는 아니다.

"나는 악의는 없다."고 하는 것은 확실히 그렇겠지만, 그 말투는 "다른 사람들은 자기가 생각한 것을 말하지는 않지만, 상당히 악의를 품고 있다."고 하는 말과 똑같다. 결국 이런 타입은 무신경한 인간이다.

자기의 마음을 감쪽같이 숨기지 못하는 것은 어린 아이의 특징이다. 그러므로 어린이는 종종 우악스럽고 모진 짓을 한다. 어른이 되어서도 그렇게 한다면, 사람들과 잘 지낸다는 점에서 보면, 약간 문제가 있는 것은 뻔한 일이다.


인생의 즐거움을 발견하는 법

‘행간(行間)을 읽는다’는 말이 있다. 언어로 표현되지 않은 의미를 거기에서 읽고 이해하는 일이다. 함축성이 있는 문장이란 그런 부분이 많은 문장이다.

인생에 대해서도 똑같은 말을 할 수 있으리라고 생각한다. 인생의 행간을 알았을 때 감동이 우러난다.

그러므로 언어나 태도에는 나타내지 않는 표현을 사람들은 제법 많이 하고 있다. 자기의 마음을 그대로 드러내는 사람은 감정에 농락 당해서 그런 것을 이해하지 못한다. 행간을 이해하지 못하면 인생의 깊은 즐거움은 맛볼 수 없다.


행복하게 사는 지혜

# 44. 센스를 연마하려면 어떻게 해야 하는가

사람을 평가할 때, '센스의 있고 없음'이 곧잘 문제가 된다. 이 척도는 상당히 강렬한 것이어서, '센스가 없다.'는 말을 들으면 누구나 다 충격을 받는다.

또 누구나 다 '나는 센스가 있다.'고 생각한다. 하지만 센스만큼 개념이 모호한 말도 없다. 도대체 센스란 무엇인가?

센스란, 분별하는 재능이라고 나는 생각한다. 좋은 것과 나쁜 것을 확실히 안다. 바른 것과 그른 것을 판단할 수 있다. 어느 쪽도 아닌 것은 그런 것이라고 확실하게 인식할 수 있다. 그것도 표면을 보고 아는 것이 아니라, 좀더 깊은 데서, 마치 예리한 눈빛으로 종이의 뒷면을 읽어내는 듯한 재능이다.

장례식에 화려한 옷을 입고 나온 여성이 있었다. 보통사람들은 모두 눈살을 찌푸렸다. 하지만 그 복장이 어쩐지 그 자리에 '잘 어울린다'고 느낀 사람도 있었다. 사실은 그 여성이 입은 옷은 고인이 사 준 것인데, "내 장례식에 입고 나와라." 하고 생전에 말했다고 한다.

그 복장이 '어울린다'고 느낀 사람은 물론 그런 배경을 모른다. 하지만 어쨌든 좋은 인상을 받았던 것이다. 이러한 인간은 센스가 좋은 사람이다. 눈살을 찌푸린 사람은 사실은 아무런 생각도 하지 않는 경우가 대부분이다. '장례식에는 수수한 복장을……' 이라는 상식에 의해서 반응을 나타낸 것임에 지나지 않는다. 유행하는 복장일 경우에는 자기에게 어울리거나 말거나 태연히 입고 나와서 우쭐거리는 게 인간들이다.

센스를 타고난 사람들이 있다. 에도(江戶) 후기의 풍속 화가인 가쓰시카 호쿠사이(葛飾北齋)는 "어린 시절부터 사물의 모양에 반해서 그리기를 하고 있었다."고 술회했다. 보통 사람과는 다른 모습이었으리라고 생각한다. 모차르트는 "전곡(全曲)이 머리 속에서 한순간에 울려 퍼진다. 다음에는 그걸 악보에 기록할 뿐이다."고 말했다. 그의 경우, 보통 사람과는 소리가 들리는 것이 달랐던 것은 분명하다.

천재라는 것은 어떤 종류의 센스 덩어리이다. 그렇다면 우리들 같은 보통 사람에게는 센스는 자라지 않느냐 하면 그렇지는 않다. 대다수 사람들은 후천적으로 연마해서 센스를 체득한다. 센스를 연마하려면 어떻게 하는가? 방법은 두 가지가 있다. 한 가지는, 실물을 될 수 있는 대로 많이 접하는 일이다. 그림의


행복하게 사는 지혜

센스를 연마하기 위해서는 실물인 훌륭한 그림을 될 수 있는 대로 많이 보는 일이다.

또 한 가지는, 예술가의 마음을 갖는 일이다. 구체적으로는 세속적인 이해의 득실을 떠나 순진하고 순수한 감정이 되어 모든 사물을 접해보는 일이다. 그러면 지금까지 보이지 않았던 사물이 보이고, 들리지 않았던 소리가 들리며, 느껴지지 않았던 감각이 느껴지게 된다. 이것이 흔히 말하는 센스라는 것의 정체이다.


인생의 즐거움을 발견하는 법

# 45. 뛰어난 지혜는 '만족을 아는' 데서 생겨난다

 하나님이 두 사람의 남자에게 토지를 내주기로 했다.

"오늘 하루, 너희들의 발로 걸어간 범위 안의 토지는 모두 너희들의 것이다. 다만, 해가 질 때까지는 돌아와야 한다."

그래서 A는 서쪽으로, B는 동쪽으로 향해서 걸어가기 시작했다. A는 어느 지점까지 걸어가더니 왼쪽으로 꼬부라져 남쪽으로 향하고, 다음에는 동쪽으로 향하다가 마지막에는 북쪽으로 향해서 걸어서 원래의 곳으로 해가 지기 조금 전에 돌아왔다.

동쪽으로 향한 B도 거의 A와 똑같은 행동을 했으나, 조금이라도 넓은 토지를 소유하려고 너무 멀리 간 탓으로 약속한 일몰 때까지 돌아오기가 힘들었다. 허겁지겁 달려서 간신히 제시간에 돌아오긴 했으나 그 자리에서 죽고 말았다.

어느 쪽이 좋은 생활 방식인지는 말할 것도 없다.

인간에게는 욕망이 있다. 욕망은 한이 없다. 욕망 그 자체는 나쁜 것이 아니지만, 도가 지나치면 자기 자신을 파멸시킬지도 모른다. 지금, 지구에서 인류가 직면하고 있는 문제는, 우리의 무한한 욕망이 유한한 지구의 자원을 모조리 써 버리려고 하는



행복하게 사는 지혜

데 있다고 해도 좋을 것이다.

모어 앤드 모어의 사상은 얼마 전까지는 좋은 것이었다. '좀더 좀더' 하고 바랐기 때문에 인류의 문명은 발전해 왔다. 자동차가 이제 막 발명되어 나왔을 때, '인간이 이동하는 속도는 이젠 이 정도면 된다.'고 모든 사람들이 생각했다면, 고속으로 달리는 자동차나 비행기는 발달하지 않았을 것이다.

문제는 어디까지가 적절하고, 어디서부터가 지나친 것인가에 대한 판단이다. 분명히 말해서 구체적으로 나타낼 척도는 없다. 어떤 사람은 고속도로의 제한속도 정도가 적당하다고 한다. 하지만 좀더 빠른 것에 대한 동경을 품고 있는 사람도 많기 때문에 어디선가 선을 긋기는 어렵다. 중요한 것은 그와 같은 선긋기가 아니다. 마음으로 만족하게 여기는 일이다.

'만족을 안다.'는 것은 '이젠 별로 필요 없다.'는 게 아니고, 자기의 현재의 상황을 긍정하는 일이다. 그런 다음에 희망하는 것은 상관없다. 마음 속으로 만족하게 여기고, '고맙다.'고 생각하는 마음 속에서는 뛰어난 지혜가 생겨나기 때문이다.

석유 자원은 언젠가는 고갈한다. 그 때, '석유야, 고맙다.'고


인생의 즐거움을 발견하는 법

하는 마음을 갖느냐, '숨겨 두었다가 나 혼자서만 오래도록 쓰자.'고 하느냐에 따라 사태는 완전히 달라진다. 후자의 경우에는 분쟁의 원인이 된다. 전자의 경우에는 다음의 대책을 위한 뛰어난 지혜를 결집할 수 있다. 인간의 지혜가 결집되면 어떤 문제라도 해결할 수 있을 것이다. 모두가 '만족'을 알면 길은 저절로 열리게 된다.

# 46. 일을 하는 순서와 방법은 '2-8의 법칙'이다

자기 수첩의 주소란에 100명의 전화 번호가 기록되어 있다고 하자. 그 중에서 자주 거는 상대방은 20명이 고작일 것이다. 나머지 80명은 1년에 한 번도 걸지 않을지도 모른다. 특정의 테마가 담겨 있는 책을 10권 샀다고 하자. 그 중에서 2권을 철저히 독파했다면 10권 속에 담긴 정보량의 8할은 머리 속에 들어가 있을 것이다.

100명의 연간 총 소득이 100억이었다고 하자. 평균을 내면 1인 1억이 된다. 하지만 그런 일은 절대로 없다. 100명 중 20명의 소득 합계는 전체 소득의 8할에 달해 있다. 이것은 짐작으로 하는 이야기가 아니다. 이탈리아의 경제학자 파레토가 소득 분포를 연구하다가 발견한 법칙인데, '2-8의 법칙' 또는 '파레토의 법칙'이라고 불리고 있다.

이 법칙을 알아두면 편리하다. 왜냐하면 이상하게도 어떤 일에든지 들어맞기 때문이다. 딱들어 맞지는 않지만 비슷한 결과는 나온다. 회의에서 흔히 발언하는 사람은 대개 전체의 2할에 지나지 않는다. 하지만 그 사람들이 하는 발언의 영향력은 전체의 8할에 이른다. 거의 지배적인 발언이 된다고 해도 좋을 것이다.

책을 쓸 때에는 자료를 수집하는데, 수집된 자료를 모조리 쓰는 일은 거의없다. 정말로 쓰이는 자료는 이상하게도 2할 전후이고, 그것으로 전체의 8할을 만들어 버린다. 사람을 설득할 때에도 해야할 말의 2할을 전달한 시점에서 OK라고 대답하는 사람은 OK라고 한다. 5할, 6할을 설명해 줘도 납득하지 못하는 사람은 모두다 설명해 줘도 대답은 틀림없이 NO이다. 그러므로 전부 설명할 필요는 없다는 말이 된다.

이 법칙의 가장 좋은 활용 예는, 조직 속에 들어가 있는 사람이라면 전체의 8할에게 영향을 주는 2할의 그룹 속에 자기가 들어가는 일이다. 이것은 어떻게 분별하느냐 하면 다수파에 끼여 있으면 안 된다는 것이다.

유행 현상을 해석한 미국의 사회학자 로저스의 이론에서도, 새로운 유행 현상에서 창조자로서의 영예나 혹은 그것에 의해서 이익을 얻는 것은 전체의 2할이고, 그것도 일찍부터 몰두한 2할의 사람들이고, 나머지 사람들은 그 유행을 뒷받침해 주는 추종자로밖에는 존재하지 못한다.


행복하게 사는 지혜

무슨 일을 빨리 처리하려고 하거든 먼저 전체의 2할에 도달할 때까지 덮어놓고 해볼 일이다. 그렇게 하면 8할을 한눈에 내다볼 수 있다. 2할은 숫자로 대표되는 2할이 아니고 매우 농밀한 에너지를 지닌 상태이다.

고지식한 사람이나 요령이 나쁜 사람은 '2할은 2할'이라고 융통성 없는 말을 하지만, 유연한 머리를 가진 사람이나 요령이 좋은 사람은 본능적으로 2-8의 법칙을 알고 있다. 그래서 박력도 있고 일도 빨리 진행된다.


인생의 즐거움을 발견하는 법

# 47. 복잡하게 얽힌 문제일수록 단순하게 생각하라

인간의 신체 구조는 복잡하게 되어 있으나, 약 60조 개 세포의 집합체라고 생각하면 간단히 설명할 수 있다. 단백질도 분자구조는 복잡하지만, 따지고 보면 약 20종류 정도의 아미노산이 합쳐진 것임에 지나지 않는다. 컴퓨터의 복잡한 기능도 여기냐 저기냐의 이진법(二進法)으로 되어 있다.

유전자 DNA의 엄청난 정보도 아데닌, 시토신, 구아닌, 치민의 단 4개의 염기 배열(鹽基配列)로 되어 있다. 우리가 부딪치는 복잡한 인간 문제도 관점을 바꾸면 간단히 해결되어 버린다. 예를 한 가지 들어보자. 시대극(時代劇)을 통해서 친숙해진 오오카 에치젠노가미 다다즈케(大岡越前守忠相)에게 얽힌 이야기이다.

오오카 다다즈케가 이세 야마다(伊勢山田)의 일종의 행정 장관인 봉행인(奉行人)으로 임명되어 있을 때의 일이다. 야마다촌(山田村)과 마쓰사카촌(松坂村)의 두 고을이 오랫동안 경계 문제로 다투고 있었다. 잘못한 쪽은 누가 보더라도 마쓰사카촌이었으나, 역대(歷代) 봉행인은 마쓰사카촌을 처벌하지 않았다. 마쓰사카촌이 도쿠가와 삼가(德川三家) 중의 하나인 기슈가(紀州家)

의 영지였기 때문에 섣불리 판정했다가 기슈가의 미움을 사고 싶지는 않았기 때문이다. 그래서 "이러이러하고 저러저러하다" 고 이유를 붙여 어물어물 지내고 있었다.

그래서 이 분쟁은 까다롭기 짝이 없는 문제가 되어 있었다. 그 때, 오오카 다다즈케가 등장했다. 그는 야마다 촌의 진정 내용을 듣더니, "그건 마쓰사카 촌이 나쁘다!" 하고 즉시 처벌했다. 예상과는 달리, 오랫동안 끌어 온 분쟁이 순식간에 처리되고 만 것이었다. 그 이야기를 전해들은 에도막부(江戶幕府) 제8대 장군인 도쿠가와 요시무네(德川吉宗)는 "오오카 다다즈케는 대단한 사나이야." 하고 감탄하여, 자기가 장군이 되자 중요한 자리에 임명했다고 한다.

단순히 결정해 버리면 되는 것을, 여러 가지 의도로 관계자가 억지를 부리고, 그 때마다 핑계나 이유가 덧붙어 복잡한 문제가 되어 버리는 경우가 흔히 있다. 국제 분쟁 등에서도 그런 경향이 엿보인다.

하지만 이와는 반대로, 언뜻 보아 단순하게 보이는 문제는 단순하게 생각지 않는 편이 좋다. 어느 면으로 보거나 온통 좋은


인생의 즐거움을 발견하는 법

점뿐인 혼담(婚談) 이야기, 돈벌이 이야기라는 것은 이면에 상상
도 할 수 없는 복잡한 배경이 숨겨져 있는 경우가 적지 않다.

　요컨대 복잡한 문제는 될 수 있는 대로 단순하게 생각하고,
단순하게 보이는 문제는 차분히 따져 봐야 한다. 머피의 법칙이
라는 것이 화제가 되었다.

　"찾을 때는 눈에 보이지 않는다", "나가려고 하면 전화가 걸
려 온다". 세상 만사는 짓궂게 되어 있다는 말이다. 힘에 겨운
문제가 일어나거든 정반대로 생각해 보는 게 좋다.



행복하게 사는 지혜

# 48. 낮은 차원의 욕구에 삶의 힘이 있다

돈을 갖고 싶다, 여자에게 인기를 얻고 싶다, 유명해지고 싶다—"당신의 욕망은 무엇입니까?" 하는 질문을 받고 이렇게 대답한다면 아마도 빈축을 사게 될 것이다. 선을 보는 자리에서 상대방의 양친이나 중매인에게 이렇게 말했다가는 틀림없이 "이 얘기는 없었던 것으로 합시다."라는 말을 듣게 된다. 하지만 이 세 가지 대답은 미국의 유능한 젊은 과학자가 "당신이 열심히 연구하는 동기는 무엇입니까?"라는 질문을 받고 대답한 말이다.

이것을 저속한 욕망이라고 할 수도 있다. 하지만 저속하면 어째서 안 되는가? 이런 것들을 저속하다고 눈살을 찌푸리는 인간이 얼마나 고매한 욕망을 지니고 있단 말인가? 그 대답을 듣고 싶다. 사람이 생각하는 것은 오십보 백보다.

그렇다고 해서 나는 필요 이상으로 사람을 깎아 내리려는 의도는 없다. 다만, 세속적인 욕망을 무시하는 사람은 절대로 높은 곳에는 이르지 못하리라고 생각한다. 미국의 유명한 심리학자 매슬로우의 욕구 단계설은 인간의 욕구를 5단계로 나누어 논했다. 생리적 욕구, 안전 욕구, 사회적 욕구, 자기 존엄의 욕구,



인생의 즐거움을 발견하는 법

자기 실현의 욕구의 다섯 가지이다.

　돈이나 여자는 아무리 봐도 높은 차원의 욕구라고 하기는 어렵지만, 매슬로우는 이 다섯 가지의 욕구는 인간이 절대로 회피할 수 없는 욕구이고, 더구나 최초의 생리적 욕구로부터 점차 차례차례 올라가는 것이라고 했다. 낮은 차원의 욕구가 충족되지 않으면 높은 차원의 욕구로 나아갈 수 없다. ‘의식(衣食)이 풍족해야 예절을 안다.’는 말이지만, 그렇다면 낮은 차원의 욕구를 무시하는 사람은 이미 그것을 충족시킨 인간들이거나, 아니면 자기를 속이고 있거나 둘 중의 하나라는 말이 된다.

　그 어느 경우도 있을 법한 일이다. 낮은 차원의 욕구를 충족시키고 다음 단계로 들어간 인간이 “그런 저속한 욕구는 품지 말라.”고 말하는 경우이다. 배불리 먹을 수 있는 인간이 굶주린 사람더러 “먹을 것 때문에 눈빛이 달라지는 건 비열한 짓이다.”라고 말하는 것과 같다. 이것은 과연 있을 법한 말이지만, 그러나 나도 그런 입장에 선다면 같은 말을 할 것이다.

　또 한 가지는 자기도 똑같은 욕구를 지니고 있지만, 마치 자기는 좀더 높은 욕구의 단계에 있는 듯이 속이는 경우이다. 성


행복하게 사는 지혜

욕에 대해서 이러한 태도를 취하는 인간이 적지 않다. 하지만 누구나 다 알고 있는 바와 같이, 이러한 태도는 가짜이다. 낮은 차원의 욕구를 무시할 수 없는 것은 생명력이나 정열의 원천이 주로 낮은 차원의 욕구와 관계가 있기 때문이다.

나이를 먹어도 성적인 호기심이 왕성한 사람일수록 생명력이 강하고 훌륭한 일을 할 수 있는 것은, 에너지를 변환(變換)할 수 있기 때문이다. 섹스 에너지가 모든 성행위로 향하는 것이 아니고, 예술 제작 의욕이나 사업욕에 연관된다. 낮은 차원의 욕구를 무시할 수 없는 것은, 그것이 삶의 힘을 북돋우기 때문이다.


인생의 즐거움을 발견하는 법

## 49. 융통성 없는 생활 방식은 즐겁지 않다

긴테쓰(近鐵)의 노모(野茂) 투수가 메이저 리그에 입단한 것은 근래에 없는 통쾌한 일이다. 다저스와의 계약은 본인도 놀라고 있는 게 아닐까? 원래는 긴테쓰의 스즈키(鈴木) 감독과의 불화가 원인이다. "이런 사람 밑에서 야구를 하고 싶지는 않다."고 생각하고 있었는데, 전부터 동경하고 있었던 메이저 리그가 머리 속에 떠올랐다. 그 가능성을 찾고 있던 중 일이 순조로이 진행되어 쌍수로 환영받아 결정된 모양이다.

노모 투수의 낙천적인 성격 때문일 것이라고 생각한다. 에이스의 책임이 어떻고, 팬들의 반응이 어떻고 하면서 딱딱하게 생각하고 있었더라면 도저히 불가능한 발상과 행동이다. 특히 지금까지 일본인이 생각은 하면서도 실천할 수 없었던 성질의 행동이다. 노모 투수 같은 인간이 나온 것은 일본인의 장래를 위해서 좋은 일이다.

일본인은 인생을 너무나 엄격하고 딱딱하게 생각하는 면이 있다. 법률의 준수나 공사(公私)의 구별 따위에 너무나 구애를 받는다. 한신(阪神) 대지진 때, 외국에서 구원하러 달려 온 사람들


행복하게 사는 지혜

을 접하는 태도에도 그것은 여실히 나타나 있었다. 동물 검역이 어떻고, 일본의 의사 면허가 어떻고 하면서 일본인의 융통성 없는 성격을 남김없이 보여 주었다. 창피스럽기 짝이 없다.

법률은 '하면 안 되는 것'이 씌어 있는 것은 아니다. '하면 이러한 책임을 진다.'고 씌어 있다. 법률을 어기는 일이 악이 아니고 정당한 경우도 있다. 완고하게 생각하는 사람은 이런 점을 모르고 있다.

공과 사를 혼동하는 것도 역시 그렇다. 공사 혼동이 나쁜 것은 아니다. 그것으로 말미암아 발생하는 장애를 줄이기 위해서 '자숙하자'고 하는 것이다. 첫째, 세상에서 공과 사를 혼동하지 않는 사람이 있는가? 가장 장애가 많이 발생하는 직업인 정치가와 관료가 공사를 가장 많이 혼동하고 있지 않은가?

하지만 때로는 공사 혼동을 해도 상관없다. 결과가 좋은 것이라면 공사 혼동도 괜찮다. 결과가 나쁜 공사 혼동만 안 하면 그만이다. 고(故) 다나카 가쿠에이(田中角榮)가 인기가 있었던 것은, 비교적 결과가 좋은 공사 혼동을 했기 때문이다. "여러 사람을 위한 짓도 되므로 나에게도 돈을 내라."라는 논리를 전개


인생의 즐거움을 발견하는 법

했다.

공사를 엄격히 구별하고 싶은 사람은 대체로 찬합 구석을 쑤석거리는 인간이다. 지금, 기와 조각과 자갈 밑에서 구출해 주기를 기다리고 있는 사람이 있어도 동물 검역을 하지 않은 수색견(搜索犬)은 일본에 들여올 수 없다고 말할 사람이다.

이래서는 이익보다는 손해가 더 크다. 확실히 법률에는 그렇게 씌어 있을지 모르지만, 그럼 그 사람이 어째서 그 법률을 지키느냐 하면, 자기 보신을 하기 위한 것 외에 강한 동기는 없다. 그러한 인간이 많은 사회는 즐겁지 않다. 좀더 쉽게 생각해 보는 게 어떨까?


행복하게 사는 지혜

## 50. 상념은 현실이 된다

소망과 긍정적인 사고가 합쳐질 때, 인간이 지니고 있는 잠재능력이 최고도로 발휘된다는 것은 현대의 성공 이론이 가르쳐 주고 있다. 하지만 소망은 아는 말이라 치고, 긍정적인 사고라는 말에 대해서는 약간의 설명이 필요할지도 모른다.

뭘 먹고 싶을 때, 그 먹고 싶은 것은 머리 속에 생생하게 떠오른다. 맛이나 향기의 기억까지도 되살아난다. 음악회에 가기로 되었다면 연주 회장이 눈앞에 떠오르고, 곡목도 귓가에서 울린다. 비행기 제작에 몰두한 사람 중에서 자기가 새처럼 자유자재로 하늘을 날아가는 모습을 상상하지 않은 사람은 없을 것이다.

이와 같이 우리의 행동에는 언제나 상상이 따르고 있다. 행동에 관한 상상을 '상념' 이라 한다. 먼저 상념이 있고, 그런 다음에 행동이 있다. 그런데 상념이라는 것은 언제나 기분이 좋은 것이라고는 할 수 없다. 몸이 이상해서 병원에 가는 사람은 '의사한테서 암이라고 선고받는 자기' 라는 불길한 상념을 머리 속에 떠올릴지도 모른다.



인생의 즐거움을 발견하는 법

마음이 내키지 않는 일에는 좋은 상념이 떠오르기 어려운 법이다. 하지만 그걸 평소에는 별로 걱정하지 않는다. 상념은 머리 속의 이미지임에 지나지 않으니까, 어떻게 되든 상관없다고 생각한다. 하지만 상념을 가볍게 봐서는 안 된다. 머리 속에서 어떻게 생각하느냐가 인생을 결정하게 되기 때문이다.

잠재 의식의 이론 중에 '열렬히 생각하는 것은 반드시 실현된다.'는 것이 있다. 이것은 당연한 일이다. 인간에게는 상념을 현실화하는 힘이 갖춰져 있기 때문이다. 그 힘의 원천이 잠재 의식이라는 것이다. J. 머피는 잠재 의식의 법칙 세 가지를 들었다.

① 잠재 의식이 지니고 있는 힘은 무한대의 것이다.

② 잠재 의식이 지닌 힘은 '상념'에 의해서 표면으로 나온다.

③ 잠재 의식에는 정사(正邪) · 선악(善惡)의 판단은 없다.

이 세 가지 법칙에서 얻어지는 것은 '좋은 것을 생각하면 좋은 일이 일어나고, 나쁜 일을 생각하면 나쁜 일이 일어난다.'는 것이리라. 잠재 의식 이론이 옳다는 것은 수많은 과학자에 의해서 증명되었다. 저, 아인슈타인도 '상념은 인간의 사고 중에서


행복하게 사는 지혜

가장 중요한 것'이라고 말했다.

　이 법칙 중에서 주의해야 하는 것은 법칙 ③이다. 자기의 내부에서 잠자는 커다란 힘은 정사·선악의 구별이 없다. 그러므로 나쁜 일을 생각하면 자기를 파멸시키는 방향으로 작용한다. 안 된다고 생각하면 안 된다. 긍정적 사고나 건전한 사고 방식이 중요한 것은, 그렇게 하지 않으면 자기를 파멸시키게 될지도 모르기 때문이다.



인생의 즐거움을 발견하는 법

## 51. 계속해서 생각하면 소망은 실현된다

인생이란, 그 사람이 생각한 대로 된다. 자기가 이렇게 되고 싶다고 생각하는 모습을 마음속으로 그리고 있는 사람은, 그 소망이 진심으로 절실하면 그와 같은 인생을 실현할 수 있다. 이렇게 말하면 대부분의 사람들은 고개를 옆으로 젓는다. 마음 먹은대로 되지는 않는다는 것이다. 그러나 정말로 그럴까?

"그렇지. 난 말야, 음악가가 되고 싶었어. 그런데 보다시피 보잘것 없는 샐러리맨이라구."

"그럼, 묻겠는데, 넌 지금도 줄곧 음악가를 지망하고 있니?"

"설마 그럴리야 있나. 이 나이에 무슨 음악가가 된단 말이니?"

"언제 단념했니?"

"고교 시절에 음악학교 시험을 보고 떨어졌을 때야."

"그렇다면 네가 그렇게 생각한 건 아득한 옛날의 한때잖아?"

"그렇지만 마음먹은 대로 되지는 않았잖아?"

"아냐. 내가 말한 건 그게 아니야. 넌 인생을 마음먹은 대로 되지 않는다고 믿고 있어."


행복하게 사는 지혜

“그래.”

“그러니까 마음먹은 대로의 인생을 실현하고 있단 말이다. 마음먹은 대로 되지 않는다는 인생관 그대로의 인생을 말이다.”

어린 시절에 천식을 심하게 앓은 사람이 있었다. 온갖 치료를 다 해봤지만, 낫지 않았다. 그대로 20대의 후반을 맞이했다. 어떤 사람한테서,

“넌 병이 낫지 않는다고 믿고 있으니까 낫지 않는 거야.”
하는 말을 듣고 분개했다.

“무슨 소리야? 난 치료하고 싶어서 별별 짓을 다하고 있는데.”

그러자 그 사람은 말했다.

“그럼, 묻겠는데, 새로운 치료법을 쓸 때 자네 마음 속의 솔직한 심정은 어땠나? 절대로 치료된다고 생각하고 있는가? 이번에도 실패하지 않을까 하는 심정이 퍼뜩 스치고 간 일은 없는가?”

사실 그랬던 것이다. 기대하는 마음 속에서는 ‘이번에도 실패하지나 않을까.’ 하는 기분을 항상 지니고 있었던 것이다. 기대



인생의 즐거움을 발견하는 법

하는 한편으로는 부정한다. 이래서는 정말로 마음 속으로 소망하고 있다고는 할 수 없다. 대부분의 사람들이 마음 속으로 그리는 소망은 이런 것이다.

자기의 소망을 끊임없이 생각하는 일은 그렇게 간단하지는 않다. 대부분의 사람들은 계속하지 않는다. 그러니까 실현되지 않는 것이다. 계속해서 생각하지 않고 "줄곧 생각해도 안 된다."고 어떻게 말할 수 있는가? 세상에는 계속해서 생각해서 소망을 실현한 사람이 많이 있다. 모든 인생은 그 사람 자신이 생각한 소산(所産)이다.



행복하게 사는 지혜

## 52. 건전한 마음이 없으면
## 건전한 신체는 있을 수 없다

 나폴레옹 힐은 그의 저서 『성공 철학』에서 다음
과 같은 말을 했다.

'성공하기 위해서 필요한 것은 단 한 가지밖에 없다. 건전한
사고 방식이 그것이다.'

너무나 평범해서 재미없는 말이지만, 성공에 대해서 이 말만
큼 실물 크기의 정확한 표현은 없다고 해도 좋다.

사람에 따라 성공의 내용은 다르지만, 이 말은 어떠한 내용에
도 들어맞는다.

어떤 내용이든, 어떤 일에 성공하기를 원하거든 이 말을 확실
히 머리 속에 넣어 두어야 한다. 그렇게 하면 틀림없이 소망은
이뤄진다.

지금, 세계는 혼돈 속에 빠져 있으나, 잘 발전해 가는 나라를
살펴보면 이 점은 저절로 분명해질 것이다. 국가의 리더, 국민
이 건전한 생각을 하고 있는 나라는 번영하고 있다. 일찍이 오
랫동안 번영을 자랑했던 로마 제국도 번영하던 시기는 예외 없
이 건전한 지도자에 의해서 다스려지고 있었다. 영국의 역사가
기번은 이렇게 말했다.

  '세계사에서 인류가 가장 행복하고 번영한 시기는 언제냐고 묻는다면 틀림없이 조금도 망설이지 않고, 로마 황제 도미티아누스제(帝)가 죽은 96년부터 콤모두스제(帝)가 즉위한 180년까지에 이르는 시기를 들지 않을까? 이 때, 광대한 로마 제국의 전 영토가 덕과 지혜에 의해서 다스려진 절대 권력 밑에서 통치되고 있었다.' 〔『로마 제국 흥망사』중에서〕 로마 황제라 하면 무턱대고 폭군 네로나 칼리귤라 등이 유명하지만, 기번이 지적한 시대는 이른바 5현제(賢帝)의 시대인데, 이 시기가 로마의 꽃이었다. 그가 말한 '덕과 지혜'란 인간의 가장 건전한 정신의 표현이다.

  국가만이 아니라 개인도 건전한 정신을 지니고 있을 때 번영한다. 건전한 정신은 건강한 육체 조건을 만들어 내고, 지니고 있는 능력을 유감없이 발휘하게 한다. 정신의 건전성을 잃으면 육체적으로도 쇠약해지고 능력도 떨어진다.

  흔히 '정신이 먼저냐 육체가 먼저냐.'라는 논쟁이 벌어지는데, 이것은 이젠 확실히 정신이 먼저라고 단정해도 좋다. 마음의 건전함이 없이 신체의 건전함은 있을 수 없다. 거의 대부분


행복하게 사는 지혜

의 사람들은 자기가 건전하다고 생각하고 있다. 하지만 참으로 건전하다고 말할 수 있는 사람은 그리 많지 않다. 건전한 생각이란 인간이 가지고 있는 구조를 바르게 움직이는 일이다.

인간은 소생과 붕괴의 틈새에 있더라도 본래는 소생형(蘇生型)이다. 다시 말하면, 좀더 잘 살려고 하는 것이 인간 본래의 모습이요 구조이다. 그 구조를 바르게 사용한다는 것은, 사물을 건전하게 생각하고, 건전하게 행동하는 일이다. 비디오 카메라를 바르게 조작하면 바르게 영상이 기록되는 것과 아주 똑같은 것이다.


인생의 즐거움을 발견하는 법

# 53. 노화(老化)의 75%는 자기 염원의 표현이다

무엇이 사람을 바보 취급을 한다 해도, 일부의 경로당이나 그와 유사한 시설 등에서 노인을 다루는 방법만큼 사람을 바보 취급하고 있는 것은 없지 않을까?

"자, 할아버지, 식사하시죠. 다 잡수셔야 해요. 안 그러면 몸에 해로우니까요."

텔레비전의 도큐먼트를 보고 있으면 대부분 이런 식이다. 만일 내가 그런 입장에 놓인다면 당장에 배를 갈라 죽어 버리겠다. 적어도 인생을 70년, 80년이나 살아온 사람들이다. 게다가 이름도 버젓이 있다. 그런데 마치 갓난 아기처럼 다루는 것은 도대체 무슨 짓인가?

어느 늙은 부인은 은행에서 여자 행원으로부터, "이번에는 할머니 차례예요."

라는 말을 듣고 당장에 거래를 끊어 버렸다고 한다. 버젓이 성명이 있는데도 손녀도 아닌 여자한테서 할머니라고 불리고 싶지 않다는 게 그 이유였다. 늠름하고 훌륭하다.

일본에서는 아무래도 나이를 먹으면 약자인데다가 치매증에 걸린다는 고정 관념이 있는 게 아닐까? 그렇지 않다면, 저 어이


행복하게 사는 지혜

없는 갓난 아기 취급은 생겨나지 않을 것이다. 그런데 세상은 넓은 것이어서 이런 취급을 좋아하는 사람도 있다.

반발하는 사람과 좋아하는 사람을 보고 있으면, 뚜렷한 차이가 발견된다. 좋아하는 쪽은 노화도(老化度)가 심한 편이고, 반발하는 쪽은 건강하고 멀쩡하다. 이 차이가 생기는 것은 과학적으로도 수긍이 간다. 인간은 받아들이면 그대로 되기 때문이다.

나는 이제 소녀로부터 갓난 아기 취급을 받을 정도로 나이를 먹었다고 생각해 버리면 생각한 그대로의 노인이 되어 간다.

"무슨 소리야? 난 아직도 혼자서 뭐든지 할 수 있어."

하고 반발하고 있으면, 연령에 비해서 젊게 살 수 있다. 캠퍼 드라고 하는 노화 방지 학자가 "노화의 75%는 자기 염원의 나타남"이라고 한 말과도 부합한다.

언제까지나 젊게 살고 싶거든 나이는 철저하게 무시해야 한다. 의식하면 아무래도 마이너스로 기울어진다. 그러므로 의식하지 않고 있으면 된다. 그렇다고 해서 의식하지 않게 되는 것도 아니다. 여기서 긍정적인 사고의 중요성이 나온다. 이점에 대해서 탤런트이자 수영 교사인 기하라 미치코(木原光知子) 씨가 대단히 좋은 방법을 일러준 것을 소개한다.

"연령을 의식하는 것은 어쩔 수 없는 일이지만, 그것을 인정하는 태도에도 두 가지 타입이 있다고 생각한다. '아아, 나도 이젠 나이를 먹었구나!' 하고 생각하는 사람. 반대로, '아직 멀었다.'고 분발하는 사람. '늙음을 몰아내자.'라는 생각을 가지고 적극적으로 사는 것이 나이를 안 먹는 비결이라고 생각한다."

요컨대 연령을 마이너스 의식으로 받아들이지 말라는 것이다.



행복하게 사는 지혜

## 54. 골똘히 생각하면 변변한 일이 없다

　　"이렇게 할 수도 있었을텐데 하고 이런저런 생각을 골똘히 하는 것은 사람이 하는 일 중에서 가장 나쁜 짓이다."

독일의 물리학자 리히텐베르크가 한 말이다. 이 말은 기억해 둘 만한 가치가 있다고 생각한다.

우리는 종종 이런 짓을 하고 있다. 왜 가장 나쁘냐 하면, 사태를 악화시키는 일은 있을지언정 호전시키는 일은 없기 때문이다. 남들은 이렇게 말할지도 모른다. 다음에 같은 상황을 당했을 때 또다시 과오를 범하지 않게 하는 반성 재료가 되지 않겠는가라고.

하지만 그렇게 앞날의 일을 생각할 필요는 없다. 그러느니보다는 생각함으로써 생기는 현재의 마이너스를 문제로 삼지 않으면 안 된다. 예를 들면 상사에게 실례되는 발언을 해서 노하게 했다고 하자. 그 때, "말하지 않았더라면 좋았을 것을." 하고 생각한다. 하지만 그대로 낙심하고 있으면 하는 일에도 영향을 받을 것이다. 그러느니보다는 깨끗이 잊어버리고 일을 하는 편이 얼마나 플러스가 되겠는가? 일단 해버린 말은 다시 주워담을 수


인생의 즐거움을 발견하는 법

없다. 꽁하게 생각하는 상사라면 한평생 잊지 않을 것이다. 그렇다면 더욱이나 그 이상의 실점은 당하지 말아야 한다. 그런데 골똘히 생각하는 사람은 일주일이고 열흘이고 곰곰이 생각에 잠긴다. 생각에 잠기다가 몸을 해쳐서 사태는 점점 더 악화된다.

어느 여성이 갑자기 거식증(拒食症)에 걸렸다. 무슨 까닭인지 자기의 뱃속에는 기생충이 들어 있는데, 먹이를 원하고 있다고 믿었다. 자기가 밥을 먹지 않으면 기생충이 굶어 죽을 거라고 생각하고 밥을 먹지 않게 되었다.

날이 갈수록 몸이 홀쭉하게 빠져서 주위 사람들은 걱정을 했다. 병원에 가서 실제로 기생충이 있는지 없는지 검사하여 '없다.'는 사실이 증명되었다. 그런데 그 여자는 듣지 않았다. 정말로 식욕이 없으니까 먹이려 해도 먹일 수 없었다. 마침내 몸이 쇠약해져서 병원에 입원하게 되었다.

입원한 곳은 정신과였다. 정신과 의사는 그 여자의 말을 인정했다. 그리고 수술을 해서 기생충을 꺼내겠다고 약속했다. 실제로 수술은 하지 않았으나, 그 여자에게는 수술을 한 것처럼 해 보이고, "자, 이젠 기생충은 없어졌어요." 하고 말하니까 그 순


행복하게 사는 지혜

간부터 거식증에서 해방되었다고 한다. 동기는 사소한 것이었다. 최근에 기생충이 증가했다는 얘기를 친구하고 하다가 자기가 먹고 있는 야채가 걱정되었다. 그래서 차례차례 생각을 발전시켜 마침내 자기는 뱃속에 기생충을 기르고 있다는 망상에 사로잡히고 말았다. 골똘히 생각한다는 것은 이와 같이 나쁜 쪽으로 사고를 발전시켜 버린다.


인생의 즐거움을 발견하는 법

## 55. 인간으로서의 긍지를 되찾으라

내부 고발이라는 것은 판단하기가 어렵다. 탤런트 교수로 있다가 정치계에 들어선 사람이, 자기가 속한 정당의 내부 사정을 주간지에 폭로하여 물고 늘어지는 걸 보자, 아무리 악을 폭로하는 것이라 하더라도 어쩐지 그 사람이 더럽게 여겨졌다. 이 사람은 정치계에 들어오기 전에 주간지에 거창한 의견을 종종 발표하곤 했었는데, 어느 땐가는 훗날 들어갈 정당의 특정 인물에게 보내는, 거의 개인적인 편지라고 해도 좋을 사랑의 하소연 같은 글을 발표했다.

그 글을 읽은 나는 적어도 공기(公器)인 주간지의 지면을 써서 '이 무슨 경박한 짓을 하는가'라고 생각했다. 그러나 그는 지금 내부 고발에 열을 올리고 있다. 앞에 내세우는 것은 정의(正義)이지만, 자기가 중요한 자리에 발탁되지 않는 데 대한 화풀이일 것이다. 품성이 지나치게 비루(鄙陋)하다.

미국의 범죄 수사에서는 피고로부터 정보를 제공받아 면책시키는 사법 거래라는 것이 성행하고 있는데, 이것도 일본적인 토양에는 어딘지 모르게 친숙해지지 않을 것만 같다. 면책을 요구하는 추잡스러움이 나는 생리적으로 맞지 않는다. 악당에게는


행복하게 사는 지혜

악당으로서의 떳떳함이 있어야 한다.

사람에게 중요한 것 중의 하나는 긍지라고 생각한다. 지금, 가장 많이 잊혀지고 있는 것이 인간으로서의 긍지가 아닐까? 어제 오늘의 정치가에게는 눈꼽만큼의 긍지도 없다. 지난 20년 동안 국민이 돈에 현혹되어 인간의 긍지를 어딘가에 내팽개쳐 버려왔으니까, 자기들의 수준 이상으로 정부나 국회의원을 가지지 못하더라도 불평은 할 수 없다.

하지만 이대로 가도 좋다고는 아무도 생각하지 않을 것이다. 현재의 일본 정부의 부패·타락상은 아마도 역사상 최고 수준일 것이다. 게다가 정권 교체가 되어도 전보다 나아지지 않을 것이 명백하기 때문에 어떻게 할 도리가 없다. 결국 우리가 할 수 있는 것은 각자가 상실한 긍지를 되찾는 일이다. 국민이 변하지 않으면 아무것도 달라지지 않을 것이다.

아침에 출근할 때, 근사한 옷을 입은 샐러리맨이 쓰레기통에서 버려진 신문이나 주간지를 얼른 집어들고 가는 광경을 이따금 목격한다. 그걸 목격하면 불쾌감이 느껴진다. 너에겐 긍지도 없느냐고 묻고 싶어진다. 그러나 이상하게도 신주쿠(新宿)의 집


인생의 즐거움을 발견하는 법

없는 사람인 홈리스가 쓰레기통을 뒤지고 있으면 조금도 역겨운 기분이 들지는 않는다. 도리어 생활력을 느낀다. "힘내라!" 하고 격려해 주고 싶다.

홈리스는 뭔가를 포기한 사람들이다. 그들 중에는 긍지를 잃지 않기 위해서 홈리스가 된 사람도 있으리라 생각한다. 한 번 그 무리 속에 들어가 취재를 하고 싶다. 하룻밤 사이에 자위대(自衛隊)는 합헌(合憲)이라 해 놓고 그 이유도 설명하지 못하는 수상을 받들고 있는 정당보다는 긍지에 대해서 참고가 되는 말을 해 주지 않을까?


행복하게 사는 지혜

## 56. 부자를 부러워하는 것은 인생의 아마추어다

록펠러나 로스차일드의 한 가족으로 태어났다면 어떤 기분일까? 돈의 바다 속에서 자라기 때문에 아마도 고민 같은 것은 없을 게다. 부럽기 짝이 없는 일이다. 인생이 틀림없이 즐거울 게다—라고 우리 서민들은 생각하기 쉽다.

그런데 큰 부자의 생활 태도는 평균적인 소시민의 생활 태도와 큰 차이가 없다는 뜻밖의 데이터가 있다. 미국에는 큰 부자의 생활 스타일을 계속해서 조사하고 있는 회사가 있는 모양인데, 그 보고에 의하면 그들의 생활 태도는 천만 뜻밖에도 꾸밈이 없고 순수한 모양이다. 이런 얘기를 들으면 금세 떠오르는 말은 '부자는 인색하다.'인데, 정말로 인색하게 여겨지는 사람은 전체의 5퍼센트이다. 이것도 의외로 적은 숫자이다. 인색하고 소박하지 않다면, 도대체 왜 그럴까? 나의 억측이지만, 아무래도 돈이라는 것은 우리가 상상하는 것보다 훨씬 더 인생에 도움이 안 되는 모양이다.

도움이 안 된다는 말에는 어폐가 있겠지만, 돈을 가지고 있는 사람이 그것을 이용하여 인생을 즐기려고 해도 좀처럼 마음먹은 대로 즐길 수 없다는 말인 듯하다. 그들은 옷을 많이 가지고 있다. 보석도 많이 가지고 있다. 방의 수가 수십 개나 되는 큰 저택에서 살고 있다. 자가용도 손가락 수만큼 가지고 있다.

하지만 몸은 하나다. 위장은 가난한 사람의 것이 크다. 잠을 잘 때 필요한 공간은 다다미 한 장이면 충분하다. 결국 그들의 소유물은 보석 가게에 있었던 것, 자동차 딜러의 쇼룸에 있었던 것을 어중간한 수량만큼 자기 집에 옮겨다 놓은 것에 지나지 않는다.

그러고 보면, 돈이라는 것도 역시 여러 사람에게 분산되어 있던 화폐 가치를 모아다가 자기의 계좌에 합쳐 놓았을 뿐이다. 그리고 그대로 묵혀 두는 이상에는 누구의 것이었든 단순한 숫자에 지나지 않는다. 요컨대 부자는 돈을 가지고 있더라도 조금도 재미가 없는 것이다.

큰 부자가 짬이 날 때 무엇을 하는가에 대해서도 조사가 되어 있다. 그들의 대부분은 짬이 날 때에는 자선 사업에 힘쓴다고 한다. 결국 자고 먹고 벌어서 자선 사업을 하고 있는 것이 큰 부자의 실제 모습이다. 그런 생활이라면 우리 서민은 오랜 옛날


행복하게 사는 지혜

부터 해 오고 있는 일이다.

샐러리맨을 상대로 한 고리대금업으로 눈이 튀어 나올 정도로 막대한 재산을 모은 실업가를 잘 알고 있는 사람이 나에게 가만히 일러 준 말이 있다.

"저 사람 우울해. 왜 그럴까? 옛날에는 기운이 팔팔 살아 있어서, 저 사람을 만나면 내가 용기를 얻게 되었거든. 하지만 지금은 내가 위로해 주는 입장이야. 뭘 위로해 줘야 할지 모르지만 말야."

이로써 분명해지지 않았는가? 돈은 필요한 만큼만 있으면 된다. 터무니없이 많이 있으면, 가지고 있기만 해도 무거워서 지쳐 버리고 만다. 부자라고 해서 쩔고 까부는 인간은 아직도 돈의 무게를 깨닫지 못했기 때문이다.

열심히 번 다음, 빨리 그 점을 깨달아야 한다.



인생의 즐거움을 발견하는 법

## 57. 사치나 빈곤을
   아무렇지 않게 여기는 사람이 멋있다


사람의 가치를 알 수 있는 것은 긴급 사태가 일어났을 때이다. 모든 일이 순조로이 진행되고 있을 때는 누구나 다 좋은 사람이 될 수 있다. 하지만 갑자기 무슨 일이 일어났을 때, 그 사람의 진짜 모습이 나타난다.

예를 들면 부잣집에서 아무런 불편 없이 자라난 처녀가 결혼한 후에 남편의 사정으로 아주 가난하게 살게 되었다 하자. 그때 비로소 그 여자의 인간성을 알 수 있다. 돈이 없으니까 변변한 걸 먹을 수 없다. "이런 생활, 이젠 지긋지긋해!" 하고 눈물을 흘릴지 모른다. 혹은 환경에 순응해서, 아무런 불평도 않고 그런대로 남편에게 순종하면서 살아갈지 모른다. 어느 쪽이 훌륭한 지는 말할 나위도 없거니와, 부잣집에서 자라난 사람이 가난의 구렁텅이에 빠졌다고 해서 모두 다 아웅다웅 바가지를 긁는다고는 할 수 없다.

이번에는 반대로, 가난한 집안에서 자라난 사람이 아주 호화롭게 사는 처지가 되었다 하자. 그런 경우에 그 환경에 순응해서 호화롭게 사는 사람이 있는가 하면, 이전과 다름없이 검소하게 사는 사람도 있다. 호화롭게 살 수 있게 되거든 그것을 충분


행복하게 사는 지혜

히 즐기면 된다. 요컨대 순응성의 문제이다. 사람으로서의 융통성이 있느냐 없느냐 하는 게 문제이다.

태평양 전쟁 당시 우리는 '사치는 적'이라는 교훈을 받으면서 자라났다. 밥알 하나를 흘려도 부모님에게서 꾸중을 들었다. 지금도 그러한 가치관을 지니고 있는 사람이 있다. 지금의 어린이는 밥알은커녕 공기째 남긴다. 어머니가 만든 요리도 식성에 안 맞는다고 먹지 않는다. 그런 태도를 나는 절대로 용서하지 않는다. 그것은 내가 '밥알 하나'를 유별나게 끔찍하게 생각하기 때문은 아니다. 모처럼 어머니가 만든 것을 먹지 않는 무례한 태도를 용서하지 않는 것이다.

사치는 많이 해도 좋다고 생각한다. 할 수만 있으면 자꾸자꾸 사치를 하면 된다. 사치는 사람의 마음을 풍요하게 해 준다. 유럽에서나 일본에서나 사치를 할 수 있는 시기에 문화는 발달했다. 사치를 할 수 있는 계층에서는 문화면에서 유능한 사람이 많이 나왔고, 그들은 한편으로는 문화 예술의 후원자가 되기도 했다. 특히 문화를 생각한다면 사치는 적이기는커녕 우리 편이다.


인생의 즐거움을 발견하는 법

하지만 어찌어찌해서 사치를 할 수 없게 되었다고 하자. 그런 경우에 눈물을 질질 흘리면서 사는 것은 인간으로서 너무나 천박하다. 날마다 스테이크를 먹고 살다가 정어리 한 마리밖에 먹지 못하게 되더라도 아무렇지도 않게 여길 수 있는 사람이 되어야 한다고 생각한다.

또다시 사치를 할 수 있는 처지가 되거든 다시 사치를 하면 된다. 사치를 할 수 있는데도 않는 것은 인색할 뿐만 아니라, 인간으로서도 가난하다. 하지만 가난한 처지가 되었는데도 호화로운 기분에서 벗어나지 못하는 것은 일종의 어리광이다. 정말로 사치가 무엇인지도 알고, 지독한 가난에도 아무렇지 않게 참고 견딜 수 있는 사람이 가장 멋진 인간이라고 생각한다.


행복하게 사는 지혜

## 58. 가족끼리 즐기는 빈곤 & 사치 세미나

덧없이 변천하는 것이 세상 만사다. 지금은 배가 순풍을 만난 듯이 만사가 순조롭게 진행되더라도, 언제 상황이 완전히 바뀔지 알 수 없는 것이다. 세기말을 맞은 세상은 일대 변동기에 접어든 것 같아서, 샐러리맨이라는 직업도 오랫동안 아주 안정된 직업이었으나, 이것도 완전히 이상해지고 말았다. 이제부터 살아 남는 데 필요한 자질의 한 가지는 변화에 강해야 한다는 것이다.

변화에 강한 자질을 연마하기 위해서는 어떻게 해야 하는가? 나는 빈곤과 사치의 양쪽에 익숙해지는 것이 가장 좋다고 생각한다. 다른 여러 가지 방법은 어쩐지 위험이 따르거나 노력과 시간이 들지만, 빈곤 & 사치 세미나는 하고자 하는 마음만 있다면 가족끼리 즐기면서 할 수 있다.

요점은 지금의 소득 수준을 평균치로 삼고, 좋든 나쁘든 분수에 맞는 생활을 해보는 일이다. 예를 들면 1주일 간 철저하게 가족 전원이 절약을 한다. 용돈은 한 푼도 안쓰고, 저녁밥은 국 한 그릇, 나물 한 접시. 텔레비전은 보아도 비디오는 안 본다. 택시는 안 탄다. 밤에는 일찍 잔다. 모든 일을 '과분하다.' 는 각도에서 검증해 본다.

　하루나 이틀로는 안 된다. 가족 전원이 합의한 다음에 1주일 간 계속해야 한다. 그리고 만일 보통으로 생활하고 있거든 사용했으리라고 생각되는 금액을 산출한다. 가족 전원이 빈틈없이 하면 1주일이나 10일간에 5만 엔 정도는 절약될 것이다.

　다음에는 사치 분야. 가족 전원이 고급 호텔의 레스토랑에 가서 식사를 한다든지 용기를 내어 최고급 신사복을 맞추든가, 일정 기간 자기가 상류 사회의 한 사람이 된 것처럼 행동해 보는 것이다. 전철도 특별 객차인 그린 차 외에는 안 탄다. 어디까지나 유사 체험에 지나지 않으나, 이런 일을 몇 번 되풀이하고 있는 사이에 사치란 무엇인지, 빈곤이란 무엇인지를 그런대로 깨닫게 될 것이다. 그것을 체험함으로써 자연히 변화에 대한 적응력이 길러질 것이다. 인생의 부침(浮沈)이 바로 나타나는 것은 생활 수준이다. 일단 유사시에 생활 수준을 확 바꾸어도 흔들리지 않는 근성을 지니고 있으면 대개의 시련은 극복할 수 있다. 그것을 위한 시뮬레이션이다. 돈이 있는데 사치를 하지 않는 사람은 바보다. 빈곤한데도 자제력이 없어서 분수에 맞지 않는 생


행복하게 사는 지혜

활을 계속하는 사람은 꼴불견이다.

하지만 이제부터 미래의 인생에 언제 이둘 중의 한 가지가 닥칠지 알 수 없다. 지금부터 연습해 두는 것보다 좋은 일은 없을 것이다. 어떤 사람이 말했다.

"부자의 척도는 돈의 있고 없음이 아니다. 얼마나 썼느냐이다. 빌린 돈이든 무엇이든 결국 사용한 돈이 많은 사람이 부자다."

이 실제적인 체험 세미나도 사실은 사용하는 연습을 하는 것이다. 빈곤 체험은 없는 걸 쓰지 않을 뿐이다. 없는 돈을 쓰고, 있는 돈을 안 쓰는 사람이 지금은 너무나 많은 듯하다.


인생의 즐거움을 발견하는 법

## 59. 남녀 동등권과 성차(性差)를 혼동하지 말라


세상에는 불가사의한 일이 잔뜩 있지만, 남자와 여자와의 성차(性差)를 인정하지 않는다는 것은 참으로 해괴하기 짝이 없는 일이다.

"물론 성차는 있겠죠. 그건 당연한 거 아닙니까?"

하고 말하면 활활 타오르는 모닥불처럼 화를 내는 여성이 있다. 이것은 무엇일까?

성차라는 것은 하나의 차이이다. 연령의 차이, 기질과 성격의 차이, 신장의 차이, 경험의 차이, 용모의 차이, 머리의 좋고 나쁨의 차이, 여러 가지의 차이가 있는데, 성차라는 것도 그런 차이 중의 하나에 지나지 않는다. 그 차이를 인정하지 않는다는 것은, 신장 180센티미터인 사람과 150센티미터인 사람을 보고 키가 크다 작다 말하지 말라는 것과 같다.

10세인 아이와 80세인 할아버지를 연령으로 구별하면 안 된다고 하는 말과 같다. 이런 바보 같은 소리가 어디 있는가? 연령에 맞게 대하는 태도, 대우, 평가, 모든 것이 다르지 않으면 이상하지 않은가?

남성과 여성과의 차이는 무엇인가? 너무나 많아서 일일이 열


행복하게 사는 지혜

거하기도 귀찮지만, 생리적인 것만 들어도 충분할 것이다. 호르몬이 나오는 과정도 다르다. 나오는 곳이 남녀의 차이를 명확히 해 준다. 엉덩이와 유방이 뭉실뭉실하게 나오게 하는 호르몬이 나오는 것이 여성이고, 수염을 나게 하는 호르몬이 나오는 것이 남성이다.

이것은 자연의 설계이므로, "그런 걸 지적하는 것이야말로 남녀 차별이에요." 하고 말하면 곤란하다. 불평을 하고 싶거든 자연이나 조물주에게 해주기 바란다. 왜 내가 이런 얘기를 꺼냈느냐 하면, 남녀의 성차를 인정하는 것이 서로의 행복과 연관된다고 생각하기 때문이다.

젊은이와 노인을 똑같이 여길 수 없는 것처럼 남녀도 똑같이 취급할 수 없는 점이 있다. 그것을 어째서 인정하지 못한단 말인가? 기질이나 성격적인 측면은 굳이 말하지 않겠다. 생리적인 기능만이라도 남녀는 구별해서 대해야 한다는 것은 자명한 일이다.

오해가 없도록 미리 말해 두거니와, 이것은 어디까지나 구별이지 차별은 아니다. 차별이란, 당치도 않은 구별에 의해서 특


인생의 즐거움을 발견하는 법

정인에게 불리한 상황을 가져다 주는 일이지만, 남녀의 구별은 그럴 만한 이유가 있고, 또 여성에게는 조금도 불리하지 않다.

그런데도 어느 부류의 여성은 "남녀의 성차를 없애라!" 하고 외친다. 내가 모든 여성에게 말하고 싶은 것은, 남녀의 성차 철폐를 주장하는 여성은 '여성의 적'이라는 것이다. 남녀 동등권과 성차의 문제는 어디서나 충돌하지 않는다.

갓난 아기와 노인을 구별해도 갓난 아기의 인권과 노인의 인권에 아무런 문제도 일어나지 않는 것처럼, 남자와 여자를 성차에 의해서 구별하더라도 아무런 불이익이 생기지 않는다. 어째서 이런 명명백백한 일이 문제가 되는지 도무지 이해할 수 없다.


행복하게 사는 지혜

## 60. 정보를 그대로 믿지 말라

정보과다의 시대에, 누구나 다 정보를 많이 받아들이고 있으나, 사실은 큰 도움이 안 되는 정보뿐이라는 점을 깨닫고 있는 사람은 적다. 예를 들면 거리의 큼직한 가방 가게에 가방을 사러 간다고 하자. 그는 어느 브랜드의 가방을 사고 싶어한다. 큰 전문점이니까 틀림없이 있을 거라고 생각하고 가 보았으나 없었다.

할수 없이 돌아오는 길에 동네의 작은 가방 집을 기웃거려 보니까 거기에는 있었다. 이런 경험은 누구나 다 했으리라고 생각한다. ‘등잔 밑이 어둡다’는 속담이 바로 이런 경우에 해당하거니와, 정보도 잔뜩 가지고 있는 것 같은데 가장 중요한 정보를 가지고 있지 않은 경우가 많다. 그런 때에는 단념하지 말고 눈을 크게 뜨고 샅샅이 찾는 수밖에 없다. 특히 젊은이한테서 느끼는 일이지만, 굉장한 정보통인 것 같은데 사실은 아는 것이 아무것도 없다고 여겨지는 사람이 늘어나고 있다. 왜 그럴까 하고 곰곰이 생각해 보았더니, 아무래도 매스컴 정보를 비판없이 그대로 믿고 있는 탓이 아닐까 하는 생각이 들었다.

신문이나 텔레비전이 제공하는 정보를 그대로 믿어도 좋지만,


인생의 즐거움을 발견하는 법

정보가 시시각각 변하고 있다는 걸 고려하지 않고, 예컨대 3일 전의 정보를 아직도 믿고 있다면 새로 나오는 정보에 대한 의심이나 일면성(一面性), 혹은 오보(誤報)일 가능성, 그런 점에 대한 경계심이 조금도 없다면, 이것은 무서운 일이다. 정보에 의한 대중 조작(大衆操作)을 마음대로 할 수 있기 때문이다.

정보라는 것에 대해서 좀더 탐욕스러워지기 바란다. 탐욕스러워진다는 것은 진실을 알려고 애쓰는 열의다. 그러기 위해서는 정보의 선택과 해석이 필요하다. 주어진 정보를 그대로 받아들이는 버릇이 붙어버리면 능동적·적극적인 행동을 할 수 없게 된다. 할 수 있는 것은 고작해야 축제 구경을 하러 가는 정도의, 다른 사람과 똑같은 정보를 얻을 뿐이다.

정보화 사회의 진실한 모습은 결혼 상담소의 맞선에 관한 정보와 같다고 생각하면 된다. 결혼 상담소에 가면 결혼하고 싶어하는 사람의 정보가 얼마든지 있다. 자기의 취향을 애기해 주면 그것에 가까운 인물의 정보를 가르쳐 준다.

하지만 거기서 얻은 정보를 그대로 믿는다면 꽤나 모자라는 사람이다. 학력, 연령, 경력, 취미, 기호 등에 대해서 질문을 해


행복하게 사는 지혜

도 이상하지 않다. 거짓이라고 하지 않더라도 자기에게 유리하
도록 적당히 적어 놓은 것이라고 생각해야 한다. 자기 자신도
역시 똑같은 짓을 할 것이다.

## 61. 큰 일을 이루려면 겁을 먹으라

요트 모험가인 호리에 겐이치(堀江謙一) 씨가 단신으로 무기항(無寄港) 세계 일주에 성공하고 돌아왔을 때, "이런 모험에서 무엇이 가장 중요합니까?"라는 질문을 받고, "대담성과 세심한 주의력"이라고 대답한 말을 기억하고 있다. 이 말은 '용기와 겁'이라고 바꾸어 말할 수 있을 것이다.

용기와 겁은 대립하는 개념이지만, 뭔가를 이루려고 할 때는 양쪽을 다 갖추지 않으면 안 된다는 말이다. 보통은 용기가 중요하고, 겁은 소극적인 거라고 생각하기 쉽다.

특히 겁은 무시당하는 수가 많다. 하지만 정말로 강한 사람, 큰 일을 하는 사람은 상상 이상으로 겁쟁이다. 그 좋은 예가 전국시대의 장군인 오다 노부나가(織田信長)일 것이다. 그는 옛날 나고야(名古屋)의 오케하자마(桶狹間) 전투 이외는 승리할 가능성이 없는 싸움은 거의 하지 않았다.

전력으로나 전략으로나 충분히 승리할 자신이 있을 때만 군사를 일으켰다. 그래도 예상이 빗나가는 수가 있었다. 그런 때에는 수치고 체면이고 아랑곳하지 않고 후다닥 달아나고 말았다. 교토(京都)에 있는 혼노사(本能寺)에서 습격당해서 죽은 것은 천


행복하게 사는 지혜

려일실(千慮一失)이었다.

이 세상에서 무서운 것이 없는 것처럼 행동한 영웅 호걸은 단지 폭력적인 힘을 자랑하던 전설을 남겼을 뿐이고, 역사적으로는 별로 큰 일을 하지 못했다. 현대에서는 당장 교도소에 잡혀 들어갈 만한 인간일 뿐이다.

왜 겁이 좋은가? 겁이 있으면 지혜가 솟기 때문이다. 겁이 많은 사람일수록 안전판을 많이 가질 수 있기 때문이다.

"겁이 많아서 무서움을 잘 타는 사람이기 때문에 사물의 실질적인 내용을 이해할 수 있는 지혜가 붙는다. 본능적으로 그렇게 된다. 결국 현실주의자가 되지 않을 수 없다. 이런 겁쟁이에게는 관념이나 감상(感傷)의 속임수가 통하지 않는다." 〔쇼노 준조(庄野潤三). 소설가〕고 한 말은 진실이라고 생각한다.

겁이라는 말이 지닌 느낌이 아무래도 어둡고 음침해서, 남이 '겁쟁이'라고 하면 아주 싫은 느낌이 든다. 하지만 이 말의 의미는 '주의'를 한다는 뜻이다. 이른바 위기관리 능력이 예리한 사람을 겁쟁이라고 한다. 이렇게 생각하면, 가령 겁쟁이라는 욕을 먹더라도 태연해질 수 있지 않을까?


인생의 즐거움을 발견하는 법

고베(神戶) 지방은 '지진이 일어나지 않는다.'는 것이 정설이 되어 있다. 고베 출신인 노사카 아키유키(野坂昭如) 씨는 아침 7시경에 아내가,

"여보, 얼른 일어나 텔레비전 좀 봐요. 고베에 지진이 일어나 난리가 났어요."

하고 말하자,

"농담 마. 고베는 지진이 안 일어나."

하고 대답했다고 한다.

지진가 일어나기 전의 고베에서 지진에 대한 준비를 한 사람은 틀림없이 비웃음을 당했을 것이다. 하지만 대담하다는 말을 듣는 사람보다도 겁쟁이라는 말을 듣는 사람이 결국은 강한 사람이다.


행복하게 사는 지혜

## 62. 크고 중요한 일일수록 결과를 하늘에 맡긴다

니혼게이자이신문(日本經濟新聞) 석간에 'WE LOVE GOLF'라는 난이 있는데, 모리나가(森永) 제과의 마쓰자키 아키오(松崎昭雄) 사장의 다음과 같은 인터뷰 기사가 실려 있었다(1993년 8월 11일부). 그 일부를 인용한다.

마쓰자키: 여기다 싶을 때 노리면 들어가는 확률이 높습니다. '절대로 넣고야 말겠다'고 염력(念力)을 들이면 공이 살아서 속도가 느는 듯한 느낌이 듭니다. 그러나 절대로 들어간다고 지나치게 믿어도 손이 움직이지 않게 됩니다.

한편으로는 들어가느냐 안 들어가느냐 하는 건 하늘에 맡긴다는 여유 있는 기분도 충분히 갖지 않으면 안 됩니다. 사업도 마찬가지입니다. 이 신제품을 절대로 성공시키겠다는 마음의 준비와 그밖의 일은 하늘에 맡긴다는 대담한 마음이 없으면 무리한 짓을 하기 쉽습니다.

여기서 말한 내용은 인생을 잘 살아가는 데 아주 좋은 참고가 된다. 한 가지는 집념이다. 이것이 절대로 필요하다는 것. 동시에 집념에 매달리지 말고 '될 대로 되라'는 대담성이다. 상반된


인생의 즐거움을 발견하는 법

두 가지 마음을 갖지 않으면 안 된다.

집념은 무슨 말인지 알기 쉽지만, 집념을 가지고 있으면서 한 편으로는 대담해져야 한다면, 현실적으로 어떻게 해야 좋을지 몰라 갈피를 못 잡을지 모른다. 이른바 어떻게 대담해지느냐 하는 것인데, 마쓰자키씨가 권하는 것은 '결과를 하늘에 맡긴다'는 것이다.

아집(我執)이 있는 사람에게는 여간해서 하기 어려운 일이지만, 인생에는 한 번이나 두 번쯤은 그러한 대담한 행동을 해 볼 필요가 있다. 오다 노부나가가, "인생 50년, 하천(下天)을 떠돌다 보면 꿈 같고 허깨비 같나니." 하고 노래한 다음, 이마가와 요시모토(今川義元)를 습격한 것은 이 대담한 정신이 있었기에 가능했다.

인생의 크고 중요한 일에 부닥쳤을때, 이런 일을 할 수 있느냐 없느냐가 중요하다. 대개는 조마조마해서 마음을 탁 터놓더라도 큰일이 걸려 있을 때는 대담해지지 않는다. 회사가 도산하는 위기에 처해 있을 때, "이젠 어쩔 도리가 없구나!" 하고 대담해지는 타입은 다시 일어나는 일이 많다. 하지만 '최후까지 채


행복하게 사는 지혜

권자에게 성의를 다하겠다.'고 지나치게 분발하면 도리어 상처가 깊어지고 만다. 이 차이는 어떠한 심리에서 오는 것인가? 결과를 하늘에 맡기고, 그 결과가 어떠하든 받아들인다는 각오의 차이이다. 최선도 받아들이고 최악도 받아들인다. 이 받아들인다는 긍정적인 자세가 행운을 가져온다.

'최악만은 피하고 싶다'고 하는 아집이 정말로 그 최악을 불러들이게 된다.


인생의 즐거움을 발견하는 법

## Ⅳ. 즐거움이 배로 늘어나는
## 인간 관계

## 63. 사람을 보는 눈, 진짜를 보는 눈은 있는가


가짜에 속는 것은 진짜를 모르기 때문이다. 자기에게 확고한 척도가 없으니까 정확한 판단을 할 수 없는 것이다. 가짜가 범람하고 있는 서화 골동품의 세계에는, '속는 사람이 나쁘다.'는 불문율이 있거니와, 보통 사회에서도 그러한 각오로 사는 편이 좋다. 남에게 속기 싫거든 감식안(鑑識眼)을 연마하는 수밖에 없다.

감식안을 연마하는 방법은 뭐니뭐니 해도 진짜를 아는 일이다. 회화만이 아니고, 사물에 관한 감식안을 기르기 위해서는 좀더 많은 진짜에 접하는 것인데, 그것이 뭔가 한 가지 철저하게 감식안을 기르는 지름길이다.

옛날의 포목 도매상의 견습 점원은 먼저 진짜인 상등 포목만 보게 된다. 보고보고 또 보아 끝까지 다 보고 나서야 진짜가 무엇인지를 피부로 알게 된다. 한 가지 일을 깊이깊이 파 내려가서 진짜를 보는 눈이 생기면 다른 분야의 진짜와 가짜도 판별할 수 있게 된다. 감식안의 진수(眞髓)는 그 뿌리가 같다는 말일 것이다.

인간도 마찬가지다. 남의 혜택을 받지 못하면 한탄하는 사람


즐거움이 배로 늘어나는 인간 관계

이 있는데, 그런 사람은 사람을 보는 눈이 없기 때문이다. 자기에게 보는 눈이 없는 것은 제쳐두고, 남의 탓으로 돌리는 것은 이상하다. 먼저 자기가 보는 눈을 기르는 것이 선결 문제이다. 보는 눈을 기르는 방법은 앞에서 말한 견습 점원과 마찬가지다.

우선은 쓸데없는 생각을 하지 말고 철저하게 해보는 일이다. 철저하게 해보면 저절로 알게 되는 일이 있다.

가장 많이 실수하는 것은 상표를 너무 신용하는 일이다. 상표라는 것은 외면에 나타난 것이다. 평판이나 경력, 외견, 언어나 태도이다. 그런 것들은 눈에 보이고 귀에 들리는 것이어서, 언뜻 보면 진실 같지만, 사기꾼의 초보적 무기도 마찬가지니까, 용의 주도하게 대하지 않으면 안 된다.

사람을 보는 눈이 없는 사람이 흔히 범하는 과오는 철석같이 믿는 일이다.

아무런 근거도 없는데 자기 멋대로 '이런 사람'이라고 단정해 버리고, 자기의 믿음에 맞지 않는 부분이 나오면 '그런 사람인 줄 몰랐다'고 투덜투덜한다. 상대방에게는 아무런 책임도 없는, 스스로 만들고 스스로 연출하는 잘못을 범한다.


인생의 즐거움을 발견하는 법

　그런 사람은 눈앞에 진짜가 있어도 알아채지 못한다. 가짜를 진짜라고 생각하다가 속아 넘어가고, 진짜는 가짜라고 하면서 돌아보지도 않는다. 세상에는 남의 혜택만 입고 사는 사람도 없고, 전혀 혜택을 입지 못하는 사람도 없다.

　카드는 평등하게 돌려져 있다. 혜택을 입지 못했다고 생각하는 사람은 거의 대부분의 경우, 자기가 손 안에 쥐고 있는 카드의 가치를 모르고 있는 사람이다.


즐거움이 배로 늘어나는 인간 관계

# 64. 품성을 꿰뚫어 보는 눈을 가지라

사람을 평가하는 수많은 척도 중에서 최근에 별로 쓰이지 않고 있다고 생각되는 것이 품성이라는 척도이다. 옛날에는 품성을 상당히 중요하게 여겼다. 예를 들면 어떤 지위나 경우에 있든지, 그것과는 관계없는 인물 평가의 관점, 그것이 품성이라는 것이었다.

오늘날에는 '머리가 좋다.', '이기적이 아니다.', '부자다.', '겸손하다.' 등과 같은 것이 사람을 평가하는 주된 척도여서, 그 사람의 내면까지 깊이 파고드는 가치 기준은 점점 멀어지고 있는 듯하다.

품성이라는 것은 평소에는 별로 나타나지 않는다. 대개 마지막 판에 나타나는 것이다. 그러니까 일본처럼 평화롭고 안전하며 풍요로운 상태가 계속되는 나라에서는 여간해선 표면화하지 않는다. 그래서 품성이 문제되지 않는다.

문제되지 않기 때문에 점점 더 잊어져, 젊은 사람들 중에는 그런 것이 존재하는지조차 의식하지 않는 이도 많다. 지금 젊은 이들의 가치 판단 기준은 매스컴이다. 매스컴이 칭찬하고 평가하는 것이 훌륭한 것이라고 생각을 한다.

품성이라는 점에서 보면 이것은 대단한 잘못이다. 매스컴은 시대의 거울이니까, 모든 사람과 함께 품성을 상당히 하락시키고 있다. 사회적인 영향력이 큰 만큼 죄도 더 깊을지 모른다.

그래서 중요한 것은 품성을 꿰뚫어 보는 눈이다. 어떻게 해야 품성을 꿰뚫어 볼 수 있는가? 솔직히 말해서 이 문제는 의외로 간단하다. 우선 그 기회가 오느냐 안 오느냐가 문제이긴 하지만, 개인이든 조직이든 '가장 중요하게 여기고 있는 것'을 알면 되는 것이다.

그것이 돈이거나 사회적 지위거나 세상 사람들의 평가, 목숨을 부지하기 위한 것, 자기 정당화 같은 것이라면 그 사람의 품성은 그다지 높지 않다고 봐도 크게 빗나가지는 않는다. 반대로, 신뢰, 명예, 긍지, 동정 같은 것이라면 품성이 높다고 할 수 있다. 다만 주의해야 할 것은, 평소에는 반대로 보이는 수도 종종 있다는 것이다.

평소에 '돈, 돈' 하고 외치고 있는 사람이 특별히 품성이 낮은 것은 아니다. 반대로, 평소에는 명예를 중시하고 있는 듯하니까 품성이 높은 것은 아니다. 극한 상황에 놓이면, 그 사람의


즐거움이 배로 늘어나는 인간 관계

품성은 겉으로 드러난다. 예를 들면 지난번의 한신(阪神)대지진 때에는 자신의 위험을 무릅쓰고 기와와 자갈 밑에 있는 사람을 구출해 낸 사람이 있는가 하면, 무 한 개를 몇천 엔에 팔아먹은 사람도 있었다. 이러한 때에 그 사람이 가장 중요하게 여기고 있는 것이 무엇인지 확실히 알 수 있다.


인생의 즐거움을 발견하는 법

## 65. 동성(同性)이 싫어하는 인간은 구제 불능이다

이성으로부터는 사랑을 받으나 동성으로부터는 사랑을 받지 못하는 사람이 있다. 그런 사람은 대개 인생이 잘 풀리지 않는 경우가 많다. 미스 선발 대회에서 미녀로 뽑힌 아가씨는 그후에 인생 행로에서 전락하는 일이 많다는 조사 결과가 있다. 미인은 어쨌든 남성으로부터 사랑을 받는다. 남성으로부터 너무나 사랑을 받고 있어서 동성과 사귈 틈이 없기 때문에 결국 인생이 잘 풀리지 않는 게 아닐까? 남자의 경우에는 분명해진다. 동성이 싫어하는 인간은 구제 불능이다. 남자에게는 남자의 강점이라는 것이 있어서, 평소에 여성으로서는 알 수 없는 부분에서 손에 잡힐 듯이 알게 되는 일이 있다. 게다가 남성으로부터 혐오를 당하는 남자는 변변한 사람이 못 된다.

이성 친구를 만들기보다는 동성 친구를 만드는 편이 더 쉽다. 아니, 동성 친구는 살아가다 보면 자연히 생기는 것이다. 자연히 생기는 친구가 좀처럼 생기지 않는다면 어딘가 인간적인 결함이 있다고 생각해도 틀림이 없다.

동성으로부터 사랑을 받지 못하는 사람에게 부족한 것은 신의


즐거움이 배로 늘어나는 인간 관계

(信義)인 경우가 많다. 이성과의 교제는 차원이 다르므로, 신의가 없더라도 사귈 수 있다. 하지만 동성과의 교제는 신의가 가장 중요한 요소이다. 여성은 모르지만, 적어도 남성은 그렇다.

신의는 인간에게 가장 중요한 일이다. 비유를 쓰지 않고 말하면, 전장에서 다같이 싸울 수 있는 것은 신의가 있기 때문이다. 전쟁 영화가 서로 죽이고 죽는 것을 제재로 다루고 있으면서도 감동적인 것은 인간에게 가장 중요한 신의가 등장하기 때문이다.

인생도 일종의 전장이라고 할 수 있다. 언제까지나 전장에 있어도 곤란하지만, 기나긴 인생은 여러 가지 의미에서 전장인 경우가 적지 않다. 그런 경우에 안심하고 맡길 수 있는, 자기의 등을 향해서 총을 쏘지 않으리라는 동성으로서의 신뢰감이 없이는 함께 살아갈 수 없다.

동성으로부터 사랑을 받지 못하는 인간은 동성으로부터 "너하고는 같이 할 수 없다."는 말을 듣고 있는 것과 같다. 여성도 남자를 판단할 때, 그 남자가 동성의 어떤 친구를 가지고 있는지를 살펴 보아야 한다. 그런 경우에 숫자만을 문제로 삼으면 안


인생의 즐거움을 발견하는 법

된다. 친구처럼 보이는 사람은 얼마든지 만들 수 있기 때문이
다.

　어떤 남자가 나한테 약혼자를 데리고 왔다. 그 남자는 이전에
내가 고용하고 있었으나, 성격적으로 다소 문제가 있었다. 그
남자가 잠깐 자리를 비운 사이에 약혼자인 여성은 가까운 장래
에 남편이 될 사람에 관해서 미주알 고주알 캐물었다. 적당히
대답해 주었지만, 그 여성을 나는 현명하다고 생각했다. 얼마
안 가서 그 남자는 파혼하게 되었다는 사실을 알리러 찾아왔다.
나도 그러는 편이 좋다고 생각했다. 그 남자에게는 미안하지만,
여성을 위해서 그렇게 생각했다.


즐거움이 배로 늘어나는 인간 관계

# 66. 원칙만 지킨다면 욕설만큼 즐거운 게 없다

텔레비전의 대사를 듣고 있을 때 가장 재미없는 것은 남을 칭찬하고 있을 때이다. 칭찬을 받는 사람은 즐겁겠지만, 곁에서 듣고 있는 사람에게는 이런 말만큼 공허하게 들리는 말도 없다. 이것은 아마 자기와는 관계가 없기 때문이겠지만, 마찬가지로 관계가 없는 것이라도 다른 사람의 욕설을 듣고 있으면 기분이 좋으니까 이상하다. 아무래도 인간은 욕설을 대단히 좋아하는 동물인 듯하다.

나도 제법 욕설을 툭툭 내뱉는다. 다만, 내 욕설은 결코 음침하지는 않다.

그 상대방을 향해서 마구 내뱉을 뿐이니까. 들은 사람이 그때는 기분이 좋지 않을지 모르지만, 뒤끝은 없다.

욕설을 하는 것은 하나의 쾌락이니까, 이걸 그만둘 필요는 없다. 아니, 그만두라고 해도 사람들은 반드시 이렇게 말할 것이다.

"난 남에게 욕하지 않아요."

이렇게 말하는 사람일수록 신용할 수 없는 인간이다. 다만, 욕설을 퍼붓는 데에도 원칙이 있다고 생각한다.


인생의 즐거움을 발견하는 법

나는 멋대로 나에게 원칙을 적용하고 있다. 그것은 '본인 앞에서 정면으로 할 수 없는 욕은 하지 않는다.' 라는 것이다. 제3자에게 얘기하는 욕설의 대부분은 험담이 되어 버린다.

훗날, 그 말이 당사자의 귀에 들어가서, "임마, 넌 나더러 이런 말 했다면서?" 하고 추궁 당했을 때, "그래, 했다."고 양심의 가책을 느끼지 않고 대답할 수 있느냐 없느냐 하는 것이 문제이다. 그 사람 앞에서 변명할 수 없는 욕설은 역시 해서는 안 된다고 생각한다. 욕설을 하려거든 본인에게 거침없이 말해야 한다.

이것만 지킨다면 천하가 용서해 준다. 욕설을 굉장히 떠벌이고 다녀도 미움을 사는 일은 거의 없을 것이다. 오히려 좋아할 것이다. 왜냐하면 이야기가 단연코 재미있게 될 것이기 때문이다. 일본경제연구센터 회장으로 있는 가나모리 히사오(金森久雄) 씨가 욕설에 대해서 재미있는 말을 한 일이 있다. 마음 속에 불만이 있거나 질투심이 있는 사람이 하는 욕은 기분이 나쁘다는 것이었다. 정말 그렇다. 그런 욕설은 불쾌할 때 마시는 술과 같은 것이어서 자기나 옆에 있는 사람이나 기분이 고약하게 취한


즐거움이 배로 늘어나는 인간 관계

다. 내가 엄격하게 삼가고 있는 종류의 욕설이다.

술은 기분이 상쾌할 때에만 마셔야 한다. 욕설은 불만이나 질투가 포함되지 않은, 시원스럽고 명쾌한 독설(毒舌)만 해야 한다. 다만, 인간은 질투와 선망의 동물이기도 하므로, 자칫하면 고약하게 취하는 것과 같은 욕설을 할지도 모른다. 그러므로 자기 나름대로의 원칙을 절대로 가지고 있어야 한다.

가나모리 씨는 이런 말도 했다.

"독설가가 독설을 안 하게 되거든 주의해야 한다. 심신을 단련하여 항상 남의 욕을 계속해서 하도록 유의하지 않으면 안 된다."

나도 가능한 한 건강에 유의하여 앞으로도 연달아 욕설을 계속 할 작정이다. 다만, 칭찬할 때는 본인에게 직접 하기보다는 중간에 사람을 내세워 그 사람에게 하는 편이 좋다.


인생의 즐거움을 발견하는 법

## 67. 매력의 원점은 PAC를 잘 분간해서 쓰는 데 있다

이따금 아연해지는 일이 있다. 어머니인데도 전연 어머니다운 발상이나 행동을 할 수 없는 여성, 훌륭한 사회인인데도 유치원 어린이 같은 변명을 하는 사나이. 그렇다고 해서 결코 어리석지도 않고 무책임한 성격도 아니다. 미혼 엄마가 아파트에 갓난 아기를 내버려 둔 채 남자 친구와 20일 이상이나 놀러 다니다가 어린 아기를 굶어 죽게 한 사건이 있었다. 사회에서는 '도깨비 같은 어미'라고 했지만, 도깨비 같은 건 아니다. 조금만 마음의 톱니바퀴가 어긋나면 이렇게 되는 것이다.

인간은 누구나다 PAC 세 가지의 마음이 있다. P(PARENTS)는 어버이의 마음, A(ADULT)는 어른의 마음, C(CHILDREN)는 어린이의 마음이다. 무의식 중에 이 세 가지 마음을 분간해서 씀으로써 세상에 적응해 가고 있다. 예를 들면 회사에서 사무를 볼 때는 어른의 마음이다. 어린이나 손아랫사람과 접할 때는 어버이의 마음이다.

연인과 희롱을 할 때는 어린이의 마음이다. 어른이 되면 어른의 마음만 갖는 게 아니라, 언제까지나 이 세 가지 마음을 지니



즐거움이 배로 늘어나는 인간 관계

고 있다. 똑바로 잘 분간해서 쓸 줄 아는 사람이 상식인이고, 이따금 일탈하는 인간은 그것이 매력이 되기도 하지만, 완전히 잘못 쓰면 앞에서 말한 도깨비라고 하는 여자같은 여성이 되는 것이다. 젖먹이 아기를 안고 있는 여성은 어버이의 마음이 커진다. 천진난만한 표정을 짓고 있어도 어린이를 접할 때는 바로 어머니 그 자체이다. 그런데 그것이 어떤 연유로 잘못되면 어떻게 되는가? 자기가 남에게 어리광을 부리는 어린이의 마음이 되어 버리면 어머니라는 자각도 잊어버리고 남자와 놀러 다니게 된다. 그것이 즐거워서 견딜 수 없다. 어린이의 마음이니까, 자기의 갓난 아기를 걱정하지도 않는다. 별로 죄의식도 느끼지 않는다. 나중에 제 정신이 들 때, 자기가 범한 죄가 크다는 걸 알고 소스라치게 놀란다.

인간은 어린이 마음에서 출발하는데, 점점 성장함을 따라 세 가지 마음이 각각 자라난다. 이상적으로는 이따금 상황에 따라 세 가지의 마음을 바르게 분간해서 쓰는 일이지만, 그러기 위해서는 세 가지 마음의 존재와 그 작용을 알아두는 것이 좋다.

세 가지 마음의 균형이 잡혀 있으면 인생이 가장 원활하게 돌


인생의 즐거움을 발견하는 법

아간다. 사무를 보고 있을 때는 성숙한 어른의 마음으로 한다. 집에 돌아가서 자녀를 접할 때는 어버이의 마음이 필요하다. 놀이나 편안하게 쉴 때는 어린이의 마음이 가장 즐겁다. 다만, 이따금 약간씩 벗어나면 매력이 배로 늘어난다. 요염한 여성은 그런 요령을 똑바로 터득하고 있다. 연상의 여인에게 어리광을 부리는 남자는 어린이의 마음이고, 받아들이는 여성은 어버이의 마음이 되어 있다. 항상 세 가지 마음을 의식하고 있으면 대인 관계를 잘 해 나갈것이다. 매력학의 원점은 PAC이다.



즐거움이 배로 늘어나는 인간 관계

# 68. 그 사람의 평가는 맺고 있는 인맥으로 결정된다

니노미야 손도쿠(二宮尊德)는 몰락한 농사꾼의 아들이면서도 황폐한 농촌의 재건자라는 이름을 역사에 남긴 큰 인물이다. 다이코(太閤) 도요토미 히데요시(豊臣秀吉) 정도까지는 되지 못하더라도, 일본의 출세 이야기의 대표적인 인물 중의 한 사람이다.

그에 대해서 얘기를 할 때 누구나 다 머리 속에 떠올리는 것이 근면, 노력과 발상의 유연성이다. 이 두 가지가 갖춰져 있으면 '틀림없이 성공한다'고 생각되겠지만, 그의 인맥(人脈)이 얼마나 강한지에 대해서는 별로 지적되지 않았다. 그가 세상에 나와서 그 정도의 업적을 남기게 된 계기는 당시로서는 일류의 인맥과 관계를 맺고 있었기 때문이다.

무엇보다 첫째로, 그는 자기 집을 재건한 후, 오다와라(小田原) 영주의 우두머리 가신(家臣)에게 초빙을 받고 가서 그 집안의 가계(家計)를 재건한 사람이 되었다. 이 일에 성공하자, 다음에는 오다와라 영주 오쿠보 다다자네(大久保忠眞)로부터 직접 오다와라 영지를 재건해 달라는 부탁을 받았다. 아무리 근면한 노력가로서 재주가 있다 하더라도 그것만으로는 활약할 수 있는


인생의 즐거움을 발견하는 법

자리는 주어지지 않는다. 농사꾼에게 자기 집의 가계를 맡긴 개방적인 우두머리 가신(家臣), 그의 재주에 주목한 영주라는, 그 당시로는 최고의 사회적 지위에 있는 사람이 있었기에 니노미야 손도쿠라는 큰 인물이 자라났던 것이다.

인맥의 중요성을 아는 사람은 언제나 좋은 인맥을 넓히려고 노력하고 있다. 가장 좋은 방법은 역시 사교이다. 외국에서는 클럽이 발달해서 클럽에 출입함으로써 자기의 인맥을 쌓는다.

일본에서도 최근에는 동호인(同好人)이 모여서 정기적으로 회합하는 일이 성행하고 있다. 회사나 사무의 연장이 아닌, 여러 사람과 교제하는 일은 인적 정보를 수집하는 데에 도움이 되지만, 뭐니뭐니 해도 인맥 형성에 큰 힘을 발휘하고 있는 듯하다. 다만, 너무나 '인맥, 인맥' 하면서 탐욕스럽게 자기의 이익을 추구하면 도리어 손해다. 먼저 자기를 상대방으로 하여금 이용하게 하는 자세로 임하는 편이 결과가 좋다. 그렇게 하기 위해서는 자기가 이미 형성해 놓은 인맥의 줄을 확고하게 해 두는 것이 중요하다.

사람이 남을 평가할 때, 인맥을 본다. 이 인간은 어떤 인물과



즐거움이 배로 늘어나는 인간 관계

교제하고 있는가? 또는 그러한 인물로부터 어떤 평가를 받고 있는가? 그보다도 더 그 인간에 관한 것을 적나라하게 얘기하는 것은 없다. 있는 힘을 다해서 인맥을 넓히려고 애쓰는 사람이 있는데, 그런 사람의 인맥은 별것이 아니다. 정말로 대단한 인맥을 가지고 있는 사람은 함부로 그것을 이용하려고 하지 않는다. 또 그렇기 때문에 대단한 인맥을 형성할 수 있는 것이다. 허둥지둥 돌아다니는 것은 별다른 인맥이 없다는 것을 널리 알리는 것과 같은 짓이다.


인생의 즐거움을 발견하는 법

## 69. 남의 이야기를 잘 듣는 사람이 되면
모든 일이 잘 풀린다

남과의 관계를 잘 맺어 나가기 위해서는 상대방의 이야기를 잘 들어야 한다. 철저하게 남의 말을 잘 들을 각오를 하면, 아무리 남과의 교제가 서투른 성격이더라도 사람들이 모여들게 된다. 또 남을 설득하는 입장에 있는 사람일지라도 놀랄 만큼 부드럽게 모든 일이 잘 풀려 갈 것이다. 상대방의 이야기를 듣는 일이 얼마나 대단한 효과를 가져오는지를 말해 주는 유명한 이야기가 있다. 미국에서 일어난 이야기다. 어떤 사나이가 전화국과 오랫동안 옥신각신 다투고 있었다. 전화료를 내지 않을 뿐만 아니라, 여러 가지로 트집을 잡는 것이었다. 상당히 머리가 좋은 사나이여서 정확하게 법률에 입각해서 따지고 들기 때문에 전화국에서는 애를 먹고 있었다.

한 사람의 전화국 직원이 그 사나이를 담당하게 되었다. 직원은 즉시 그 사나이를 찾아가서,

"당신이 하고 싶은 말을 해보시오."

하고 말했으나 즉시 쫓겨 나오고 말았다. 다음에 가서 또다시 같은 말을 하자, 엄청나게 많은 불평을 늘어놓았다. 직원은,

"옳은 말씀입니다"


즐거움이 배로 늘어나는 인간 관계

하고 잠자코 듣고 나서 물러 나왔다.

세 번째로 찾아가자 또다시 똑같은 방식으로 대하는 것이었다. 직원은,

"옳은 말씀입니다."

하고 덧붙여,

"당신의 심정은 이해합니다."

하고 말했다. 그랬더니 그 사나이는 순순히 요금을 지불해 주었다고 한다.

직원이 한 일이라고는 상대방이 하는 말을 잘 들어주었을 뿐이다.

"요금을 내십시오."

하고 말하지도 않았다. 하지만 상대방은 세 번째로 갔을 때 지불해 주었을 뿐만 아니라, "이젠 당신네들 하고는 옥신각신하고 싶지 않소." 하고 말하기까지 했다. 전화국의 오랫동안의 고민 거리는 상대방의 말을 들어 준 것만으로 해결해 버렸던 것이다.

인간은 뱃속에 괴어 있는 것을 토해 버리면 속이 시원해진다.

기분이 시원해지면 생각하는 것이나 행동도 건전해진다. 가만히 있어도 내야할 것은 내는 법이다. 세일즈맨 중에서도 일류들은 모두 다 상대방의 말을 잘 들을 줄 아는 사람들이고, 오히려 마구 지껄이는 것은 서투른 방법이다.

의사도 명의라는 사람은 예외 없이 환자의 말을 잘 들어준다. "어디가 편찮으시죠?" 하고 던지는 첫마디. 그 다음에는 "예, 예." 하고 듣기만 하고 나서 약을 지어 준다. '이렇게 하면 의사가 되는구나' 하고 쉽게 생각하면 안 된다. 명의가 될수록 들어주는 효과를 잘 알고서 하는 일이기 때문이다. 경험이 부족한 의사일수록 설명을 길게 하고서 언짢은 표정을 지으니까 도리어 병이 무거워진다. 점쟁이도 손님의 말을 잘 듣는 집에는 사람이 몰려든다. 한 가지 주의할 것은 단지 듣기만 하면 안 된다는 것이다.

상대방의 이야기에 맞춰서 "응, 응. 예, 예." 하고 적당히 맞장구를 쳐주고 이따금 질문을 하고, 때로는 놀라거나 감탄하거나 하면서, 얼마나 열심히 들어주고 있는지를 상대방이 알게 하는 일이 중요하다. 아내의 말도 마찬가지로 들어주기만 해도 좋


즐거움이 배로 늘어나는 인간 관계

다. 아무튼 남의 이야기를 잘 들어주는 사람이 되는 일은 모든
일을 잘 전개시키는 마법의 램프가 되는 것이다.

# 70. 뛰어난 재능을 지닌 사람과 사귀라

금고털이의 영화가 재미있는 것은 가슴이 두근 두근하는 것도 있지만, 또 한 가지는 열쇠를 여는 명인, 도주의 명인 같은 뛰어난 기능을 지닌 사람이 등장하기 때문이다. 뛰어난 기능을 가지고 와서 뭔가 한 가지 엉뚱한 짓을 한다. 그 통쾌함이 이런 종류의 영화의 참다운 재미이다. 영화만이 그런 건 아니다. 인생도 뛰어난 재능을 가지고 뭔가를 하면 틀림없이 성공하여 인생의 참다운 맛을 볼 수 있다. 인생의 즐거움에 이보다 더한 것은 없다. 이런 말을 하니까, '나에겐 그런 재능이 없다.' 하고 생각할지 모르지만, 그것은 나도 역시 그렇다. 대다수의 사람은 뛰어난 재능을 꽃피우지 못하고 있다. 감히 없다고는 하지 않겠다. 재능을 잠재우고 있는 사람이 많다. 하지만 그렇기 때문에 뭔가 뛰어난 재능을 지닌 사람을 만나거든 적극적으로 교제해 보는 것이 좋다.

그 효용은 몇 가지 있다. 첫째, 사귀고 있어서 즐겁다. "하야!" 하고 놀랄 만한 에피소드가 많이 있다. 즐거운 교제는 인생의 커다란 기쁨이다.

둘째, 틀림없이 도움이 되는 일이 있다. 지난날, NHD의 텔


즐거움이 배로 늘어나는 인간 관계

레비전 프로그램에 백세 노인이 출연했다. 이것도 하나의 뛰어
난 재능이다. 그 사람이 아나운서와 2, 3분 인터뷰를 하는 동안
에 장수와 건강에 대해서 참고가 되는 좋은 이야기를 계속해서
하는 걸 보고 나는 감탄하고 말았다. 시대가 시대인만큼 별다른
교육도 받지 않았다. 하지만 의미심장한 말이 연달아 나오는 것
이다. 의사의 이해하기 어려운 강연을 듣는 것보다도 훨씬 더
도움이 되었다. 이런 일이 뛰어난 재능을 지닌 사람에게는 종종
있다. 자기에게 흥미가 없는 분야일지라도 전혀 상관없다. 한
가지 재주에 빼어난 사람은 반드시 심오한 뭔가를 알고 있기 때
문이다.

셋째, 자기의 가능성이 넓어진다. 이상하게도 인간은 건강한
사람의 옆에 있으면 자기도 건강해진다. 머리가 좋은 사람의 옆
에 있으면 자기도 머리가 좋아진다.

최근에는 이것이 일종의 파동(波動)의 영향이 아닐까 하는 견
해도 있다. 어쨌든 강력한 뭔가를 지니고 있는 사람과 사귀면
그 영향을 받게 된다. 이것은 나쁜 일도 마찬가지이므로, 자기
가 아무리 정신을 똑바로 차리고 있다고 생각할지라도, 섣불리


인생의 즐거움을 발견하는 법

이상한 사람과는 어울리지 않는 게 좋다. 또 자기와 같은 수준의 사람하고만 사귀고 있으면 자기가 성장할 수 없다.

이쪽에 뛰어난 재능이 없으면, 저쪽이 못하다 해서 신경을 쓸 필요는 없다. 뛰어난 재능을 지닌 사람이라는 것은 어떤 사람에게서도 배우는 특기를 지니고 있다. 당신이 그런 사람과 교제할 수 있었다는 것은 저쪽도 반드시 당신으로부터 뭔가를 배울 것임에 틀림없다. 그러므로 스스럼없이 적극적으로 교제해 보는 것이 좋다.


즐거움이 배로 늘어나는 인간 관계

## 71. 제3의 이성(異性)을 친구로 사귀라

인생에 흥취를 더하는 것은 이성 관계이다. 이성관계의 이상적인 상태는 과장해서 말하면 인생 철학에까지 확산되므로, 도저히 간단히 말할 수는 없다. 하지만 내 생각으로는 중년이 지나거든 아내도 아니고 연인도 아닌, 제3의 이성을 한 사람이나 두 사람쯤 사귀는 편이 좋다고 생각한다. 그러한 사람과 사귀는 것이 이상적이라는 말은 아니다. 그러한 존재를 가짐으로써 아내, 연인과의 이성 관계, 그리고 이성 일반에 대한 견해가 조금은 성장하리라고 생각한다. 이것은 남자나 여자나 마찬가지로 성장할 수 있는 기회를 얻을 수 있을 것이다.

최근에 세상을 떠들썩하게 한 사건 중에 젊은 의사가 아내와 자식을 목졸라 죽여서 바다에 버린 일이 있었다. 그 사건을 보고 느낀 것은 학력이나 직업에 관계없이 요즘의 젊은이들이 이성과의 교제는 섹스를 하느냐 않느냐 하는 것만 염두에 있는 것 같다. 그렇지 않은 사람과는 교류하는 깊이가 깊어지지 않는다.

무엇이 잘못되어 그렇게 되는지 전혀 짐작할 수 없지만, 남녀 관계라 하더라도 인간이 하는 교제의 일종이다. 싫거든 헤어지


인생의 즐거움을 발견하는 법

든가 냉각 기간을 두든가, 어쨌든 보통의 인간 관계의 처리법이 조금이라도 있을 것이다. 그것을 하지 못하는 것은 남녀 관계를 뭔가 특수한 관계라고 착각하고 있다고밖에는 말할 수 없다. 이것은 분명히 잘못된 것이다.

일본의 토양은 남녀 관계를 보통의 인간 관계의 연장이라고 보는 관점이 아무래도 결여되어 있는 듯하다. 하지만 아내도 아니고 연인도 아닌, 뭐든지 의논할 수 있는 이성의 친구를 만들어 서로 여러 가지를 배우면 좋으리라고 생각한다.

아내한테 들켰다. "어떻게 한담?" 하고 묻는다. "어쨌든 사과하세요. 모든 일은 그 다음부터예요." 하고 대답해 준다. 자기로서는 본의가 아니더라도, 이런 경우에 다른 사람으로부터 받는 충고는 상당히 효과가 있는 법이다.

여성도 역시 난처해질 때가 있을 것이다.

"두 사람한테서 프로포즈를 받고 있어요. 어느 쪽이 좋을지 모르겠어요."

"조건이 나쁜 쪽을 선택하세요."

이런 말 한 마디가 도움이 되는 수도 있다. 실력은 8급이지만



즐거움이 배로 늘어나는 인간 관계

훈수는 초단이라는 말도 있듯이, 제3자는 의외로 바른 판단을
한다.

　나의 친구를 지켜보고 있으니까, 그 사람에게는 술집 마담인
지 뭔지, 사업을 하다가 알게 된 이성을 비롯해서 동급생, 대학
선배 등 여자 친구가 많은데, 그 중에는 헤어진 아내라는 여인
도 있다. 결혼하고 있을 때는 뜻이 맞지 않았는데, 헤어진 후에
는 놀랄 만큼 마음이 맞는 모양이다. 나이가 지긋한 사람도 괜
찮다. 자기보다도 훨씬 더 나이가 많은 사람을 골라, 그러한 문
제를 상담하는 상대로 삼는다. 일정한 거리를 유지하면서 예의
바른 교제를 한다. 사건을 일으킨 의사도 그런 존재가 있었더라
면 거기까지 몰리지는 않았을 것이다.

## 72. 자기 돈으로 지불해 보면 남의 쓰린 마음을 안다

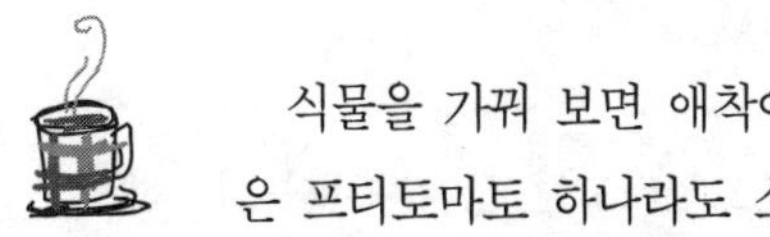 식물을 가꿔 보면 애착이 많이 간다. 화분에 심은 프티토마토 하나라도 소중히 가꾸고 싶어진다. 자기 손으로 가꿔서 만든 수세미로 몸을 문지르면 일찍이 느껴 본 일이 없는 목욕 후의 쾌감이 있다. 이런 건 모두가 기분 탓이겠지만, 왜 기분이 좋으냐 하면, 자기의 손으로 직접 가꾼 것이기 때문이다.

자기의 노력이나 인내, 자기의 발상(發想)은 매우 사랑스럽다. 농사꾼이 쌀을 함부로 다루면 도끼 눈을 하고 흘겨본다는 말을 듣고, "이미 자기 손에서 떠난 거니까, 사 간 사람이 어떻게 하든 상관없지 않은가?" 하고 생각하고 있었으나, 역시 내 손으로 가꿔 보니 입으로는 말할 수 없는 애착이 우러남을 조금은 알게 되었다.

지난번, 지방 자치단체의 부정 사건이 적발되었다. 지사나 시장이라는 사람이 공공 사업을 발주하면서 뇌물을 받은 사건이다. 나는 텔레비전의 보도를 보고 있었는데, 체포된 사람들이 약간 가엾게 여겨졌다. 왜냐하면 그들은 모두가 "어째서 우리들만 적발하느냐? 모두들 해 먹고 있는데."라는 투의 표정을 짓고


즐거움이 배로 늘어나는 인간 관계

있었기 때문이다.

나는 모두가 다 해 먹고 있다고는 생각지 않는다. 하지만 그들은 그렇게 믿고 있다. 어째서 그렇게 생각할까? 자기의 돈으로 지불하지 않는 습관, 교만하게 받기만 하는 생활을 오랫동안 계속해 왔기 때문이다. 지방행정의 장이라는 사람이 그 정도로 교양이 없는 인간일 리가 없다. 하지만 그런 인간일지라도 습관에 의해서 정상적인 신경이 마멸되어 버린다.

자기의 돈을 내어 지불하면 마음이 쓰린 법이다. 하지만 그것을 참고 자기 돈으로 지불하면 이번에는 상대방의 쓰린 마음을 이해하게 된다. 또 담합으로 무슨 일을 결정한다든지, 뇌물을 받고 편의를 제공하는 행위가 얼마나 인간으로서 타락한 짓인지를 알게 된다. 그리고 마시고 먹고 골프를 치고 하는 접대가 얼마나 허망한 것인지도 알게 된다.

접대 비즈니스가 버젓이 통하는 것은 아무도 자기의 지갑에서 돈을 내어 부담하지 않기 때문이다. 독직(瀆職)도 역시 그렇다. 출처불명의 무책임한 돈이니까 남에게 듬뿍듬뿍 줄 수 있다. 받는 사람도 말없이 받아쓸 수 있다. 접대를 모두 부정하고 싶은


인생의 즐거움을 발견하는 법

마음은 없으나, 더러는 당신네들 돈으로 비용을 부담해 보십시오. 그러면 보이지 않는 것이 보이고, 느껴지지 않던 것이 느껴질 테니까.


즐거움이 배로 늘어나는 인간 관계

# 73. 어딘지 미스터리 한 부분을 갖는다

사람이란 것은 정체를 알아 버리면 매력이 절반으로 줄어드는 법이다. 예를 들면 애타게 그리운 나머지, "이 여자를 위해서라면 죽어도 좋아." 하고 생각한 여자일지라도 일단 목적을 달성하면 잡귀라도 떨어내 듯이 냉정해진다. 매력을 잃지 않기 위해서는 어딘지 미스터리 같은 부분을 지닐 필요가 있다. 예를 들면 어디로 보든지 좀 모자라는 동료가 있었다고 하자. 여사원까지도 다가와서 업신여긴다. 그런데 어느 날, "○○ 씨는 좋은 집안의 아들이래."라든지, "부인이 굉장한 부잣집 딸이래."라는 소문이 퍼지면 어떻게 되는가? 아마도 대하는 태도가 달라질 것이다.

그것이 거짓말이어도 상관 없다. 정체 불명인 점이 망상을 일으켜, 남들이 멋대로 이쪽에 유리하도록 해석해 준다. 그런데 "그런 소문은 엉터리야. 난 작은 마을의 농사꾼 아들이야." 하고 정체를 폭로하면 도로아미타불이다. 모처럼 상상을 즐기려던 사람에게도 실례가 되는 짓이다.

미국의 영화 배우 폴 뉴먼에게는 기묘한 전설이 있다. 그의 키에 대해서이다. 사실은 몸집이 아주 작은 사나이였는데, 키는



인생의 즐거움을 발견하는 법

170센티미터도 안 된다는 설에서 180센티미터가 된다는 설까지 몇 종류가 있었지만, 오늘날도 몇 센티미터인지 모른다고 한다. 연예계 사람은 여러 가지 소문을 만드느라고 애를 쓰고 있는데, 그것이 인기나 매력에 깊이 관련되어 있기 때문이다.

폭로하는 책도 미스터리 같은 부분이 있는 인간일수록 충격을 주는 정도가 있어서 잘 팔린다. 나는 그런 책을 믿지 않지만, 여하튼 인간은 모든 것이 백일하에 드러나 버리면 재미고 뭐고 아무 것도 없게 된다.

본인에게도 그것은 재미없는 일일 것이다. 자기의 행동으로부터 생각하는 것에 이르기까지 모두 다 가까운 사람에게 알려진다면, 이젠 여러 번 타 본 자동차나 익숙해진 워드프로세서와 큰 차이가 없는 취급을 받는다. 샐러리맨이라면 대부분 출세하지 못한다. 왜냐하면 모든 것이 환히 들여다 보이면 기대를 하고 싶어도 할 수 없기 때문이다.

실물 크기의 인간 따위는 매력이 있는 존재는 아니다. 나폴레옹의 아내가 전성시대의 남편의 잠든 얼굴을 보고, "이 양반이 온 세상을 부들부들 떨게 하고 있다니, 정말 믿어지지 않아요."

243

하고 말했다는 이야기가 있다. 그 유명한 나폴레옹도 잠잘 때는 연기를 할 수 없었던 모양이지만, 그만큼 계속해서 ‘나폴레옹’이 되고 싶어한 사람은 없다.

그것이 그의 매력의 전부이다. 흔히 “있는 그대로의 나를 알고 싶다.”고 말하는 사람이 있지만, 있는 그대로의 인간 따위는 알고 싶지도 않다. 그것은 이미 자기 자신이 잘 알고 있다. 조금은 다른 사람을 즐겁게 해줄 궁리도 해야 하는 법이다.


인생의 즐거움을 발견하는 법

## 74. 상대방이 던진 공은 즉시 던져 줘라

좀처럼 기회가 오지 않는다고 한탄하는 사람을 보고 있으면, 기회가 오지 않는 게 아니라 기회를 놓치는 일이 많다는 것을 알게 된다. 예를 들면 파티에서 좀처럼 말을 하지 않는 사람과 얘기를 나눌 기회를 얻었다. 그 때, 내가 "이봐, 자네 ○○라는 책 읽어 봤나? 재미있네. 기회가 있거든 한 번 읽어 보게."하고 말했다고 하자.

이런 경우, 대부분의 사람은 "응, 응." 하고 듣기만 할뿐이다. 하지만 그 사람은 당신에게 흥미를 느끼고 공을 던졌을지도 모른다. 만일 당신이 그 책을 즉시 읽어 보고 독후감을 적은 편지를 그 사람에게 부쳤다고 하자. 그것이 인연이 되어 교류가 시작될지도 모르는 일이 아닌가?

큰 인물이라는 것은 종종 그러한 식으로 젊은이나 아랫사람에게 아무렇지도 않은 듯이 공을 던지는 사람이다. 반응이 없으면 그것으로 그만이다. 기회가 오지 않는 사람이란 이런 식으로 돌아온 기회를 놓쳐 버리는 사람이다.

마찬가지로, 파티에서 명함을 교환하면 즉시 엽서를 부쳐 주는 사람이 있다.

“요전 날은 즐겁게 얘기를 해 주셔서 감사했습니다. 또 기회가 있으면 어쩌고……”

이런 일을 재빨리 할 수 있는 사람은 인맥을 넓혀 갈 수 있다. 사업도 잘해 나가는 사람의 경우에 이런 일이 흔히 있다. 이것은 당연한 일일 것이다.

처음으로 어떤 사람을 만나 명함을 주고 받는 일은 서로에게 자기의 공을 상대방에게 던져 준 것과 같기 때문이다. 그 다음에는 상대방이 공을 도로 던져 주느냐 않느냐에 달려 있다.

남녀 관계에서는 모션을 건다는 말이 있다. 남과 춤을 추고 있는 여성이 이쪽의 얼굴을 보고 윙크를 한다(당신, 좀 멋지군요. 어디 한번 나하고 사귀고 싶지 않으세요?). 윙크에는 그런 의미가 담겨 있다.

이것이 공을 던지는 행위이다. 받은 남성은 어떤 이유를 붙여 그 여성에게 접근한다. 그 때,

“아까, 당신이 나한테 윙크하셨죠? 내가 마음에 드셨어요?”

하고 말하거든 모든 것이 오케이다. 그런 경우, 이쪽은 이쪽대로 뭔가 아무렇지도 않은 듯한 어떤 계기를 마련하지 않으면


인생의 즐거움을 발견하는 법

안 된다. 신호를 받고 그것에 응답한다. 인간 관계에는 이렇게 겉으로는 분명히 나타나지 않는 은밀한 수작이라는 게 있다. 그것은 특별히 남녀 관계 뿐만은 아니다. 보통의 인간 관계에서도 흔히 있을 수 있는 일이다.

"자네, ○○라는 책 읽어 봤나?"

"다음에 기회가 있거든 방문해 주게."

"아무개를 자네가 알고 있을지도 모르겠군."

여러 가지 경우가 생각나지만, 기회는 그런 식으로 온다. 청춘 시절에 동경해 마지않던 여성의 일거수 일투족에 신경이 곤두서 있던 것은 언제 공을 이쪽으로 던져줄까 하고 바랐기 때문일 것이다. 그걸 회상해 보면 어떨까?



즐거움이 배로 늘어나는 인간 관계

## 75. 배반당하는 것은 네 자신이 나쁘기 때문이다

좋은 일은 남의 덕택, 나쁜 일은 내 탓. 이런 마음을 지니고 살면 인생은 즐거워진다. 좋은 일이 있을 때 다른 사람의 덕택이라고 생각하면 감사하는 마음이 우러난다. 감사하는 것은 기도와 함께 생리적으로 가장 좋은 상태를 만드는 것이다.

나쁜 일이 있을 때 자기 탓이라고 생각하는 건 어떨까? 좀 우울해질지 모르지만, 다른 사람을 해치는 일은 없으니까 인간 관계는 잘 되어 간다. 궁지에 몰리더라도 남이 도와주게 된다.

보통은 이와는 반대되는 짓을 한다. 좋은 일은 내 탓, 나쁜 일은 남의 탓. 남에게 속거나 배반당하는 일이 많은 사람을 보고 있으면, 대부분 나쁜 일을 남의 탓으로 돌리는 사람이 많다. 마음이 착한 사람이 속는다고 하지만, 그런 일은 예외에 속한다. 배반하거나 배반당하거나 하는 것도 비슷비슷한 사람끼리 모여 있으니까 그렇게 된다.

이전에 도요다(豊田) 상사 사건이라는 게 있었다. 금전 거래를 하는 것처럼 위장하고 경마에서 사설 마권(私設馬券)을 발행하여 부당 이득을 취하는 짓을 하다가 적발되었다. 노인들이 표적이 된 일도 있어서 사회적인 분노가 집중되었으나, 내 생각으로는 속아 넘어가는 사람도 나쁘다고 할 수밖에 없다. 돈을 많이 벌 수 있다는 말을 들었을 때, "어째서 생판 모르는 사람이 일부러 나한테 와서 그런 돈벌이 애길 할까?" 하고 의아하게 생각지 않은 게 이상하다. 백만 엔의 예금이 단기간에 3배가 된다. 그런 일이 있거든 자기가 하면 좋지 않은가? 그런 행위는, 일부러 생판 알지도 못하는 사람을 찾아가서, "할아버지, 돈을 많이 버는 법을 가르쳐 드리죠." 하고 엉터리 간판을 내걸고 돌아다니는 것과 같은 짓이 아닌가? 그런 말에 속아 넘어간다면 속는 사람도 나쁘다고 할 수 있다.

배반도 마찬가지다. 배반한다는 것은 재미있는 것이다. 자기가 배반당할 염려가 있으면 그 상대방을 배반하는 경향이 있다. 결국 먼저 하는 쪽이 가해자이고, 하려다가 못 한 사람이 피해자가 된다. 아무래도 이런 관계가 되는 일이 많은 듯하다.

그 여자를 위해서 부지런히 돈을 바쳤는데 퇴짜 맞았다 그런 짓은 배반이니까, 가져다 준 선물이나 음식 값의 절반을 돌려 달라고 젊은 사내가 호소하고 있는 텔레비전 프로그램이 있었


즐거움이 배로 늘어나는 인간 관계

다. 요즘의 남자는 이렇게도 매정한가 해서 어이가 없었다.

자기의 그런 심보를 여자에게 보여 줬기 때문에 걷어채인 사실을 깨닫지 못하고 있다. 틀림없는 자업 자득이라는 말이 딱 들어맞는 얘기다. 다른 사람의 태도는 자기 마음의 반영이라고 생각하고 사귀면 적어도 속거나 배반당하는 일은 적어질 것이다.



인생의 즐거움을 발견하는 법

## 76. 남과의 차이점보다는 유사점을 찾으라

 이 세상의 불행한 싸움은 생각이나 습관의 차이에서 발단하는 경우가 많다.

남 아프리카 공화국에서 인종 차별이 오랫동안 시행되어 온 것은 한마디로 말하면 피부 색깔의 차이 때문이다. 아랍과 유태와의 수천 년에 이르는 분쟁은 종교의 차이 때문이다. 이런저런 차이를 문제로 삼는다면 수습될 것도 영구히 수습되지 않을 것이다. 사이좋게 지내기 위해서는 유사점을 찾는 수밖에 없다.

남 아프리카 공화국이 변모하기 시작한 것은 특별히 피부 색깔이 한 가지로 통일되었기 때문은 아니다. 어쨌든 피부 색깔의 차이를 극복하고 하나의 국가 안에서 사이좋게 지내자는 마음을 국민이 갖기 시작했기 때문이다. 요컨대 분쟁보다는 평화가 더 좋다는 유사점을 발견한 결과이다. 아랍과 유태와의 문제도 똑같은 과정으로 전개되었다.

남과 사이좋게 지내는 비결은 이것밖에 없을 것만 같다. 인간 관계가 원만히 이뤄지지 않는 사람을 보고 있으면, 자기와 타인과의 차이를 의식하고 있는 경우가 많다.

"나는 이런 생각에서 이렇게 해줬는데, 상대방은 그걸 조금도


즐거움이 배로 늘어나는 인간 관계

알아주지 않는다."

고 말한다. 그의 말만 듣는다면 상대방에게 잘못이 있는 것처럼 생각된다.

하지만 이러한 타입의 사람이 깨닫지 못하고 있는 점이 있다. 그것은 자기의 가치관을 상대방에게 강요하고 있다는 사실이다. 예를 들면 소를 성스러운 동물이라 하여 쇠고기를 먹는다는 건 당치도 않다고 생각하는 사회에서 자라면 그것은 의심할 여지가 없는 절대적인 계율이다. 그러나 일본인은 쇠고기를 기꺼이 먹는다. 양쪽 사람이 서로 만나서 소 논쟁을 벌이는 행위는 무의미한 짓일 것이다. 아무리 해봐야 대립만 계속되기 때문이다. 상대방의 행위를 이해할 수 없다면서 분개하는 사람은, 자기의 가치관으로 판단하여 쇠고기를 먹은 사람을 비난하는 것과 똑같은 짓을 하고 있다. 자기의 입장에서 보면 그럴지도 모르지만, 그렇지 않은 생각을 지닌 사람도 있다는 것을 인정하려 하지 않는다. 만일 상대방이,

"쇠고기는 먹지만 우린 돼지고기는 안 먹는다. 돼지고기를 먹는 당신네는 야만인이다." 하고 말한다면 어떻게 될 것인가? 이


인생의 즐거움을 발견하는 법

런 논쟁을 영원히 계속해 봤자 일치점은 발견되지 않을 것이다.

컴퓨터는 차이점을 찾아내는 일을 잘한다. 아주 눈꼽만한 차이점이라도 순식간에 발견해 낸다. 하지만 유사점을 발견하는 일은 서투르다. 차이점만을 왈가왈부 하는 사람은 어느 틈엔지 컴퓨터와 똑같은 짓을 하고 있는 사람이다.

그것은 식별이라는 목적에는 맞지만, 가령 적군과 아군을 아무리 정확히 판별하더라도 평화는 오지 않는다. 똑같은 군복을 입었다는 유사점을 보고 실수로 적군과 사이좋게 지낸 일이 평화를 이루는 계기가 될 가능성이 없다고 할 수는 없다. 인간 관계의 비결은 유사점을 찾는 데 있다고 해도 좋을 것이다.


즐거움이 배로 늘어나는 인간 관계

## 77. '부드러운 행위'는
## 상대방이 눈치채게 하면 안 된다

지금 사용하고 있는 말 중에서 가장 많은 공감을 얻는 말은 '부드러움(따뜻함, 친절)'이다. 어중이 떠중이도 모두다 부드럽다는 말을 쓰고, 심지어 한나라의 수상까지도 '부드러움, 부드러움' 하고 외치고 있다. 수상이나 정부도 앞을 다투어 외치는 부드러움이라는 말이 사실은 아무런 의미도 없는 말임을 이번의 한신(阪神) 대지진에서 뼈저리게 느꼈다. 그들은 아무런 생각도 하지 않고 있었다. 그저 해본 소리에 지나지 않았던 것이다.

부드러움이라는 말은 보통 사람들에게는 잘 먹혀 들어간다. 하지만 이 말만큼 무슨 뜻인지 알 수 없는 말도 없을 것이다. '눈에 부드러운 감촉', '피부에 부드러운 감촉'이란 말은 무슨 뜻인지 알 수 있다. 자극이 별로 없는 안약이나 화장품임을 짐작할 수 있다. '노인에게 부드럽다(고분고분하다, 친절하다)' 정도까지는 대강 알 수 있지만, '부드러운 정치'라든지 '지구(地球)를 부드럽게(따뜻이) 대한다'가 되고 보면 상당한 오해를 일으키게 된다.

'부드러운 정치'가 국민에게 부드럽게 대하는 것을 목표로 삼



인생의 즐거움을 발견하는 법

는 것은 당연한 일이라 치고, 그 구체적인 정책이 무엇인지 전혀 설명해 주지 않는다. 샐러리맨의 세금을 제로로 해준다든지 공공요금은 결코 올리지 않겠다고 하는 말이라면 무슨 뜻인지 알 수 있다.

세금은 올리고, 공공요금도 올리고, 국민의 혈세는 외국에 뜯기는 꼴을 보고 있노라면 어디가 어떻게 부드러운 것일까 하고 생각하는 사이에 그만 화가 치민다. 일반인도 역시 마찬가지다. 노인에게 부드럽게(따뜻이, 친절히) 대한다 하지만, 노인을 어린애 취급하는 것은 부드러운 행동이 아니다. 얕보고 하는 짓이다. 얕본 다음에, "어때요? 우린 부드럽지요(친절하지요)? 꼭 감사히 여기세요!" 하고 강요하고 있다. 다음은 내가 생각하는 참다운 부드러움의 조건이다.

첫번째로 말할 수 있는 것은 부드러움은 소프트 터치를 하면 된다는 말이 아니다. 부드러운(간사한) 목소리는 듣기 싫은 소리일 뿐이지 부드러움은 아니다. 앞으로는 보통의 목소리로 해 주기 바란다. 그것이 부드럽게 대하는 사람의 긍지이자 상대방에 대한 예의이기 때문이다.



즐거움이 배로 늘어나는 인간 관계

둘째, 부드러움은 상대방에게 '부드럽게 대해 주고 있다'는 것을 알게 하지 않는 것이 가장 좋은 일이다. 왜냐하면 쓸데없는 마음의 부담을 주기 때문이다. 또 부드러운 행위를 받음으로써 자기가 약한 자가 된 것처럼 느껴질 때가 있다. 그러므로 상대방이 눈치채지 않게 하는 것이 좋다.

셋째, 부드러움은 일방 통행을 해도 좋다. "감사하지 않으면 다음에는 안 해줘요." 하고 말하는 것은 부드러움이 아니다. 오히려 상대방이 귀찮아하더라도 '해드리겠어요.'라는 자세로 하는 것이 참다운 부드러움이다.

'남에게 부드럽다'든지 '지구에 대해 부드럽게 대한다'는 기분 나쁜 말을, 아무런 증거도 없이 함부로 쓰면 안 된다. 한편, 참다운 부드러움이 좀처럼 보이지 않는 것은 유감스러운 일이다. 정말로 부드러운 사나이라는 것은 미국의 소설가 레이몬드 챈들러가 창조한 사립 탐정 필립 맬로 같은 인물이 아닐까?


인생의 즐거움을 발견하는 법

# 78. 가족이 다 모이는 시간을 의식적으로 만든다

가족의 인연이라는 게 문제가 되고 있다. 가족은 지금 붕괴 직전에 놓여 있다고 해도 좋다. 부부의 성(姓)이 각각 다른 것이 그 상징이다. 남편은 회사에 나가고, 아내는 사회에 진출하고, 자녀는 학원에 간다. 집에는 개가 남아서 집을 지키고 있다. 간신히 마련한 집이 텅비어 있는 상태는 아침부터 밤까지 계속된다.

저녁 밥도 식구들이 한 자리에 모여 다같이 먹는 일은 드물다. 자녀는 학원에서 돌아오면 인스턴트 식품으로 때우고, 공부방으로 들어가고, 어머니는 밖에서 친구하고 놀다 들어온다. 남편의 귀가 시간은 깊은 밤이니까, 집에서는 샤워를 하고 잠을 잘 따름이다. 아침에 겨우 식구 세 사람이 수십분 얼굴을 마주 대한다. 이런 가족이 늘어나고 있다.

태평양 전쟁 후에 나타난 핵가족의 풍경은 일찍이 가족이라는 말이 지니고 있던 따뜻한 온기조차 느낄 수 없게 하고 있다. 이러한 가족의 생활 상황을 걱정하는 사람도 있지만, 그렇다고 해서 옛날과 같은 전 가족이 단란하게 그날 그날을 즐길 수 있는 가정으로 되돌아가기는 어려울 것이다.



즐거움이 배로 늘어나는 인간 관계

어째서 이렇게 되었는가? 최대의 원인은 주부의 라이프 스타일이 변한 데 있다. 결혼하더라도 회사를 그만두지 않는 여성이 어머니가 되고, 또 전업 주부(專業主婦)였던 여성이 파트(단시간 근무)에 나간다. 그게 아니면 자원 봉사 활동을 하거나 문화센터, 스포츠클럽에 다니거나 해서 가정의 중심이 없어진 것이다.

이러한 여성의 변화에 불평을 하고 싶은 마음은 없다. 하지만 이대로 가면 가정이라는 것의 존재 가치는 없어진다. 가족 전원이 호텔이나 기숙사에서 사는 것과 같은 생활을 하고 있기 때문이다. 이러한 메마른 가정을 본래의 모습으로 되돌릴 방법이 있을까?

그 구실을 할 사람은 결국 한 집안의 세대주밖에 없다. 한 집안의 세대주가, 자기가 생각하는 가정상(家庭像)을 목표로 삼아 진두지휘를 하고, 적극적으로 '가족 꾸미기'를 함으로써 가족의 온기와 즐거움을 자녀나 아내에게 가르치는 수밖에 없다고 생각한다.

그렇게 하기 위해서는 먼저 가족을 위해서 시간을 내는 결심이 필요하다. 휴일 골프는 않기로 하고 정원의 잔디를 깎고, 화


인생의 즐거움을 발견하는 법

분 손질, 지붕 수리, 방 모양 바꾸기 등을 한다. 혼자 드라이브 하면 안 된다. 또 자녀도 집에 있지 않으면 안 된다.

요컨대 자기들의 가정에 가족이 다같이 모여 있는 시간을 될 수 있는대로 만들어야 한다. 이러한 일을 3개월이나 반년 동안 계속하면 자녀나 아내도 가족의 즐거움을 느끼고 사고 방식이나 생활 방식이 변할지도 모른다. 옛날의 가정은 그런 것이었다. 지금은 의식적으로 '가족 꾸미기'를 하지 않으면 가족 아닌 가족이 되어 버리고 만다. 슬픈 일이지만 그것이 현실이다.

'가정은 아내에게 맡긴다.'고 하는 남성이 많다. 그러나 별로 집에 돌아오지도 않은 채 아내에게 가정을 맡긴다는 것은 너무나 뻔뻔스런 짓이다. 원인을 따지고 보면, 아내를 가정에서 뛰쳐나가게 한 것은 오로지 일밖에 모르는 남편이다.


즐거움이 배로 늘어나는 인간 관계

# 79. 어쨌든 아내만큼은 화나게 하지 말라

어느 유명한 작가가 가벼운 위장병으로 입원했다. 그는 약간 피곤한 기분이 들었기 때문에, '잠시 쉬게 되었다.'고 오히려 좋아했다. 침대에 누워 있으니까, 새로운 소설 구상이 구름처럼 뭉게뭉게 피어오른다. 편집자를 불러다 놓고 그 구상에 대해 얘기했다. 모두들 좋아하면서 해외 취재를 하기 위한 준비까지 하기로 이야기가 발전했다. 작가는 "내 필생의 대표작을 쓰겠다."고 기운을 냈다.

그 때, 작가의 아내가 왔다. 그 작가는 여자에 대한 버릇이 나빴기 때문에 아내하고는 원만하지 못했다. 아내 쪽은 잡지 편집자나 주변 인물은 자기에게는 적이라고 생각하고 있었다. 한순간 좌석의 홍이 깨졌으나, 이윽고 또다시 모두들 와글와글 떠들어 대기 시작했다.

작가는 아내에게 신경을 쓰면서,

"어이, 이번에 장편을 쓰기로 했어. 해외에도 취재하러 간다구."

하고 자기의 건강을 과시했다. 아내가 기뻐하리라고 생각했던 것이다. 그러나 그 자리에 앉아 있는 사람들로부터 무시당해서 잔뜩 화가 나 있던 아내는 한 마디 툭 던졌다.

"해외 취재는 무슨 놈의 해외 취재란 말예요. 농담 좀 작작 해요. 당신은 암이에요."

작가는 두 번 다시 침대에서 일어나지 못하고 1개월 후에 죽었다.

문호 톨스토이는 만년에 이르러 아내와 불화하게 되었다. 톨스토이는 마음의 진폭이 심한 사람이었다. 특히 만년에는 작가를 포기하고 사회를 위하고 인류를 위해서 봉사하겠다고 말한 후, 막대한 인세도 포기해 버렸다. 보통의 신경을 지닌 사람이었던 아내는 역시 부루퉁해져서 오랜 세월 동안 부부간의 냉전이 계속되었다. 마침내 톨스토이는 이 아내로부터 도피하기 위해서 80세가 넘어서 집에서 뛰쳐나오고 만다. 그리고 어느 역사에서 쓰러져 죽었다. 이것도 말하자면 마누라에게 살해당한 것이나 다름이 없다.

이런 경우를 보더라도, 결혼한 사람은 아내만은 화나게 하면 안 된다. 어떤 이유가 있다 하더라도 그것으로 인해서 자기가 얻는 것은 아무것도 없기 때문이다. 그러나 화나지 않게 할 수


즐거움이 배로 늘어나는 인간 관계

는 없다. 남자의 행동 중에서 절반 이상이 마누라 마음에 들지 않기 때문이다.

그런 경우에는 사과하거나 달래거나 해서 분노를 가라앉게 하는 수밖에는 방법이 없다. 결혼한 남성이 인생을 즐기는 첫째 항목은 '아내하고 다정하게 지내는 일'이라고 해도 좋다. 아내는 비유가 나쁠지 모르지만, 부스럼 딱지 같은 것이다.

떼내려고 하면 아프고 피가 난다. 그리고 또 딱지도 앉는다. 자연히 떨어질 때까지 내버려 두는 수밖에는 방법이 없는 것이다. 애처가라는 사람은 결코 좋은 남편이 아닌 경우가 많다. 시인인 사이조 야소(西條八十) 같은 사람은 여자들과 놀아나는 바람에 아내를 꽤나 괴롭혔다. 하지만 아내를 다루는 솜씨가 능숙했다. 어떻게 능숙했느냐 하면 정말로 사랑했었다. 사랑하는 일 이상으로 아내를 다루는 좋은 방법은 없다. 무슨 일이든지 아내를 끔직하게 사랑한 연후에 할 일이다.


인생의 즐거움을 발견하는 법

## 80. 일을 택하느냐 가정을 택하느냐

흔히 논쟁 거리가 되는 선택 기준이 이것이다. 일이냐 가정이냐? 샐러리맨 같으면, 회사를 택하느냐 가정을 택하느냐가 선택 기준이 된다. 하지만 나는 이러한 선택 기준을 들고 나오는 일 자체가 틀렸다고 생각한다. '상대방을 죽이느냐 내가 죽느냐?' 하는 선택 기준과 같아서, 지나치게 극단적인 논의를 하고 있기 때문이다. 일본인은 아무래도 극단적인 논의로 흐르는 경향이 있는 듯하다.

한창 일할 나이여서, 일이 재미있어서 어쩔 수가 없는 샐러리맨에게, "당신은 가정과 회사 일 중 도대체 어느 쪽이 중요해요!" 하고 따지고 드는 아내는 잔혹한 사람이다. 왜냐하면 이 두 가지는 이자 택일(二者擇一)에 어울리지 않는 것이기 때문이다.

선택하는 경우에는 적어도 공통의 기준이 필요하다. 개와 고양이 중에서 어느 쪽을 기르느냐는 문제가 되면 애완동물을 기르는 기준이 있다. 차를 사느냐 적금을 넣느냐 하는 문제라면 돈의 사용 방법의 기준이 있다. 하지만 가정과 일이라는 것은 아내와 자녀를 비교해서 어느 쪽을 더 사랑하느냐고 묻는 것과


즐거움이 배로 늘어나는 인간 관계

같은 것이어서 대답하기가 난처해진다.

대부분의 남자는 가정이나 일이나 둘 다 소중하다. 하지만 어떤 사정으로 어느 한쪽으로 기울기 쉽다. 그래서 아내가 불만을 품고 불평을 하게 된다. 이런 경우 아내의 입장에서는 상대방에게 아무리 따지고 들더라도 좋은 결과가 나오지 않는다고 생각해야 한다. 그렇게 하느니보다는 차라리 가정에 남편이 눈을 돌리도록 기분을 편안하게 해주는 편이 더 효과가 있다.

북풍과 태양이 여행하는 나그네의 코트를 벗게 하는 이야기를 생각해 보는 게 좋다.

남편은 약간 뒤가 켕기는 기분일 것이다. 솔직히 말해서 일이 더 재미있다고 생각하는 사람이 많기 때문이다. 하지만 이것도 생각해 볼 문제이다. 지금은 재미있을지 모르지만, 회사라는 것은 비정한 세계여서, 실패하거나 쓸모가 없어지면 기계적으로 내쫓을 것은 뻔한 일이다.

그렇게 되었을 때, 당황하여 집으로 돌아와 봤자 이미 때가 늦을지도 모른다. 실제로 그런 경우에 놓여 있는 샐러리맨이 많이 있다. 아무리 일이 재미있더라도 가정이라는 것을 경영하


인생의 즐거움을 발견하는 법

는 역할도 똑바로 하지 않으면 안 된다. 남자는 아무리 일이 재미있더라도 아내와 자녀에게서 불만이 나오는 생활을 하면 안 된다.

하지만 이 문제는 흔히 가정 분란의 계기가 된다. 그래서 한 가지 묘안을 소개한다. 아내가 "당신 말이예요, 가정하고 일하고 어느 쪽이……" 하고 말하려 하거든 이렇게 대답하라는 것이다.

"양자 택일로 문제가 해결되는 것은 아니야. 불교에는 말야, 선악 외에 무기(無記)라고 하는 제3의 선택 기준이 있지. 우리도 제3의 선택 기준을 찾아봐야 하지 않을까?"

무슨 말인지 알아듣지 못하는 아내에게 통할 리도 없겠지만, "뻔하잖아, 그건 일이지."라고 대답해서 문제를 확대시키는 것만은 방지해야 한다.


즐거움이 배로 늘어나는 인간 관계

# V. 변화의 시대를 즐기는 생활 방식

## 81. 인생의 시나리오는 네 자신이 쓰라

일본의 외교 정책에 대해서는 화가 나는 일이
많다. ODA에서 큰 돈을 내줘도 외국으로부터는
조금도 고맙다는 말을 듣지 못한다. 그렇기는커녕 도리어,

"우리를 미끼로 삼아 벌어들인 돈이지."

하고 불쾌한 말을 듣고 있는 형편이다. 유엔의 안전보장이사
회의 상임이사국 문제만 하더라도 거부권을 갖지 않으면 아무런
의미도 없다. 그렇게 하지 못할 바에는 대국(大國)의 거부권을
없애든가 어쩌든가 해야 한다.

다수결 원리인 민주주의 체제하에서 한 나라가 거부권을 행사
하면 오케이가 되고 마는 결정 방식이 버젓이 통해도 좋단 말인
가? 일본은 "비상임이사국이 되는 것만으로도 충분합니다." 하
고 분명히 말해야 한다. 국제 사회에서 지금의 일본은 줄곧 멸
시만 당하고 있지 않은가?

국제 사회 무대에 서면 어째서 이렇게 한심한 꼴이 되는가?
그것은 자신의 생각이 없기 때문이다. 태평양 전쟁 후 일본은
일관해서 형님뻘 되는 미국에 종속되어 왔다. 국제사회의 문제
가 있을 때 미국을 거스른 일은 한 번도 없다. 어떤 일이라도


변화의 시대를 즐기는 생활 방식

미국이 결정하고, 일본은 "예, 예" 하고 복종해 왔다.

그래서 자신의 머리로 생각할 수 없게 되어 버리고 말았다. 어떤 생각을 한다고 해도 그것을 주장할 수가 없다. 그러니까 미국이나 유럽의 선진국으로부터 무시당하고, 최근에는 아시아의 개발도상국으로부터도 무시당하기 시작하고 있다. '경제와 기술에서는 강하니까 걱정없다.'고 깔보고 있다가는 어처구니없는 꼴을 당할지도 모른다. 전쟁에 패하여 황폐해진 일본이 저 미국을 경제면에서 앞지른 것이다. 똑같은 일을 일본 이외의 나라에서는 할 수 없다고 생각하는 것은 과대망상이다.

자기의 인생은 자기 스스로 결정하지 않으면 안 된다. 회사라는 곳은 좋게 말해서 60세까지만 벌어 먹고 살게해 주는 곳이다. 그것뿐이다. 육십이 넘으면 아무 관계도 없다. 그때부터 앞으로의 인생이 길다. 20년, 30년의 세월에 걸치는 인생 시나리오를 맨손으로 만들지 않으면 안 된다. 이것을 냉혹하다고 느끼는 사람은 응석꾸러기의 근성이 있는 사람이다.

어린 시절에는 부모가 진로를 결정해 주고, 자라서는 회사에 모든 것을 일임한다면, 도대체 어디에 자기의 인생이 있단 말인


인생의 즐거움을 발견하는 법

가? 장수하는 사회가 되었다는 것은 정년 후에 진짜로 자기 인생을 살 수 있다는 점에서 정말로 좋은 시대가 돌아왔다고 생각한다.

다만 이 인생 후반전을 즐겁게 살기 위해서는 준비할 필요가 있다. 그것도 돈만이 아니라 무엇을 할 것인가도 포함해서다. 사십이 넘거든 차분히 계획을 세우고, 가능하다면 50대부터 실행해 나가면 어떨까? 일부러 정년퇴직을 할 때까지 회사에 달라붙어 있을 필요는 없을 것이다.



변화의 시대를 즐기는 생활 방식

## 82. 제2의 인생은 자립해서 산다

정년 후의 인생을 어떻게 살 것인가 하는 것이 커다란 사회 문제가 되어 있다. 한 가지 말할 수 있는 것은, '자녀에게 신세를 지지 않고 자립할 각오를 한다.'는 것이다. 그렇게 하는 편이 인생이 좀더 풍요해지리라고 생각한다. 일본은 유럽이나 미국에 비해서 자녀가 함께 사는 부자들이 압도적으로 많으나, 앞으로는 점점 줄어들 것이다. 그만큼 자립해서 살기가 쉬워질 것이기 때문이다.

1975년에 2.2명이었던 자녀의 수가 2020년에는 0.88명으로 줄어들 것이라는 통계도 나와 있다. 한 부부에게 자녀가 1명 이하가 되므로, 이제는 자녀에게 의지해서 노후를 살기는 어렵다. 그러한 사회를 예상하면 혼자 사는 노인이 편안하게 살 수 있는 환경은 급속도로 사라질 것이다. 그러나 너무 걱정하지 말고, 자녀로부터 독립해서 자립할 것을 미리 생각해 둬야 한다. 그럴 경우에는 다음과 같은 것은 준비해 두는 편이 좋다.

첫째, '건강'이다.

고령자가 자립하는데 가장 큰 문제는 건강이다. 건강하기만 하면 일도 할 수 있다. 일은 수입과 건강을 유지하는데 도움이



인생의 즐거움을 발견하는 법

된다. 장수와 행복의 바람직한 사이클을 만들어 내는 열쇠는 건강이다.

둘째, '평생 공부하는 자세'를 지니는 일이다. 늙어서 배우는 걸 귀찮다고 생각하면 안 된다. 배우는 자세가 있으면 그룹 활동을 하거나 자원 봉사에 참가하는 등, 결국 사회와 관계를 맺는 중요한 접점을 이루게 된다. 배우는 자세가 없어지면 고령자는 고립된다. 고령자의 활동을 보면 연령이 높아질수록 학습에 대한 흥미가 강해진다는 조사 결과도 나와 있다. 배우는 일은 가장 큰 즐거움이다.

셋째, '취미'이다. 제2 인생의 가장 큰 강점은 좋아하는 일을 하면서 살 수 있는 일이다. 고령자의 취미에 대해서 조사한 결과에 의하면 90%의 고령자가 '취미 있음'이라고 응답했는데, 그 내용을 보면 텔레비전 시청, 스포츠 관전, 골프, 조깅, 게이트볼, 게임 등이어서 좀 허전하고 쓸쓸하다. 좀더 독자적인 취미를 젊은 시절부터 준비해야 한다.

넷째, '친구'이다. 유럽이나 미국에 비하면, 일본인의 고령자는 친구가 적다.


변화의 시대를 즐기는 생활 방식

남성의 4%는 친구가 없다고 응답했다. 노후의 충실한 생활, 특히 자립 생활을 하기 위해서는 진정한 친구라고 할 만한 존재가 없으면 안 된다.

다섯째, ‘혼자 사는 일(독신 생활)’이다. 자녀와 함께 살지 않더라도 배우자와 둘이서 사는 것이 보통이지만, 언젠가는 혼자 남게 된다. 그래서 혼자서 살 수 있는 독신 생활의 노하우가 필요하게 된다. 오랫동안 샐러리맨 생활을 해온 사람의 대부분은 집안 일에 서투른 듯하다. 하지만 혼자 사는 생활을 즐겁게 하기 위해서는 집안 일을 처리할 수 있는 능력이 중요한 조건이 된다. 집안 일은 즐거운 것이다.

이상이 노후의 자립 생활을 뒷받침해 주는 조건들이다. 하지만 이런 일은 그 때 가서 준비하기에는 이미 늦다. 중년기인 40대에 접어들거든 ‘인생의 마지막 장은 자립해서 산다.’는 것을 상정하여 준비와 리허설을 해 두는 것이 좋으리라 생각한다.



인생의 즐거움을 발견하는 법

# 83. 자연의 사이클을 따르는 생활을 하라

신체의 활동은 자연과 합치해 있다. 해가 떠오르면 잠이 깨고, 해가 지면 잠이 온다. 추워지면 털구멍이 오므라들어 체온을 달아나지 못하게 하고, 더우면 땀의 기화열(氣化熱)로 체온을 낮추려고 한다. 자연에는 일정한 리듬이 있는데, 동물이나 식물이나 인간까지도 그 리듬에 맞추어 살도록 설계되어 있다.

자연의 리듬을 따라 움직이는 인간의 리듬을 생체 리듬이라고 하는데, 이 리듬을 맡고 있다고 생각되는 것이 체내 시계라는 것이다. 뇌의 시상(視床) 하부라는 곳에 그 사령탑이 있는데, 알려진 것만 하더라도 인간은 약 300개 정도의 체내 시계에 의한 주기성(周期性)을 가진 생리 작용이 있다고 한다.

그런데 문명을 진보시킨 인간은 자연에 거역하게 되어, 지금은 밤과 낮을 거꾸로 돌려 놓은 듯한 생활을 하는 사람도 드물지 않다. 그래도 아무렇지 않은 것은 순응성이 있기 때문이다. 하지만 거기에도 한도가 있다. 지나치게 반자연적인 라이프 스타일을 계속하면 노화나 성인병의 원인이 된다.

예를 들면 인간은 땅에 달라붙어 살도록 설계되어 있다. 새



변화의 시대를 즐기는 생활 방식

하고는 근본적으로 다른 생물이다. 새처럼 일년 내내 하늘로 날아 올라가 있는 항공기 조종사는 평균 수명이 짧다고 한다. 초고속으로 이동하여 시차(時差)에 대한 지각이 둔해지고, 고도 1만 미터 되는 상공에서 해로운 자외선을 많이 받기 때문이라고 한다.

이것은 한 가지 예이지만, 자연에 거스르는 생활은 몸에 나쁠 뿐만 아니라, 마음에도 나쁘다. 자신도 모르는 사이에 스트레스가 된다. 스트레스는 생명을 단축하는 원흉이다. 인류는 문명에 의해서 자연을 제어할 수 있다고 지나치게 믿어왔다. 하지만 자연에는 거스를 수 없다.

환경 파괴나 자연 재해를 보면, 자연 속에서 인간이 얼마나 작은 존재이고, 자연에 어그러지는 생활이 얼마나 나쁜지는 명백하다. 지금 세계가 크게 변하고 있는 것은 자연의 사이클을 따르는 생활로 되돌아가자는 현상이라고도 해석된다.

지난번의 한신(阪神) 대지진도 자존 망대하면서 과대 망상증에 걸려 있는 인간에 대한 자연으로부터의 귀중한 경고일지도 모른다. 불행하게 사망한 사람들의 죽음을 헛되이 하지 않기 위


인생의 즐거움을 발견하는 법

해서도 우리는 이쯤에서 용기 있게 자연의 사이클로 되돌아가야
할 것이다.

　지금 한신 지역에서는 부흥을 위한 활동이 시작되고 있는데,
단순히 좀더 강한 지진에의 대책을 생각하기만 해서는 또다시
똑같은 과오를 범하게 될 것이다. 지진이 일어나도 절대로 무너
지지 않는 건물 따위는 지을 수 없다. 커다란 자연 재해가 일어
나도 사람이 죽거나 부상하지 않는 초유 구조(超柔構造)의 설계
를 목표로 삼는 그런 발상을 하는 것이 좋으리라 생각한다.



변화의 시대를 즐기는 생활 방식

## 84. '개미와 여치의 이야기'는
## 이젠 시대에 안 맞는다

모르고 있었지만, 이솝 우화에 나오는 '개미와 여치의 이야기'는 오늘날에는 상당히 변질한 듯하다. 원전에서는, 나가서 놀기만 하고 먹을 양식도 마련해 두지 않은 채 겨울을 맞이한 여치가 개미한테 가서 양식 좀 달라고 간청하지만 냉정하게 거절당하는 대목에서 이야기는 끝난다. 그런데 지금의 어린이가 읽는 책에서는 이야기가 완전히 다르게 되어 있다.

그 중의 한 가지는 다음과 같은 결말로 되어 있다. 여치는 개미더러 양식을 달라고 구걸하지는 않는다. 무슨 까닭인지 한 겨울을 넘기고 나서 봄이 되자 개미를 본받아 일을 하기 시작한다. 이밖에, 다음과 같은 결말로 된 것도 있다.

'여치는 노래나 춤의 재능을 살려 가수가 되고, 개미님이 사주는 CD의 인세로 우아하게 살았습니다.'

'어느 날, 여치가 개미의 집을 찾아가니까, 개미는 먹을 양식이 듬뿍 있는데도 침대에 죽어 있었습니다. 너무나 일을 많이 한 탓으로 과로해서 죽은 것입니다.'

또 개미처럼 부지런히 일하고, 동시에 여치처럼 인생도 즐기



인생의 즐거움을 발견하는 법

는 개미 여치가 나오기도 하는 등, 고전 동화도 잘 어울리도록 고쳐져 있다. 도대체 이것은 무슨 일일까? 이 교훈 이야기가 시대에 맞지 않게 되어 있기 때문일 것이다.

옛날에는 일을 하는 것이 미덕이었으나, 지금은 반드시 그렇지는 않다. 일을 해서 저축만 해서는 소비가 늘어나지 않아서 곤란하다. 오히려 오늘날에는 여치 쪽이 환영을 받는다. 하지만 여치만 있으면 생산성이 떨어지니까 이것도 곤란하다. 결국 세상이 복잡해져서 이러한 양자 택일이 성립하기 어렵게 된 것이다.

그렇다면 무리하게 이야기를 뜯어 고치기보다는 이젠 이 동화가 어린이에게 읽히지 않는 편이 좋으리라 생각한다. 이 동화의 참다운 목적은 단순히 근면을 권장하는데 있지 않고, 곤궁해진 여치를 개미가 도와주지 않는 것도 포함해서 세상의 몰인정함의 진실을 가르쳐 주기 위해서 지어 낸 이야기라고 생각하기 때문이다. 원전을 뜯어고쳐 버리면 아무런 의미가 없다.

내 생각으로는, 현대는 여치의 시대이다. 개미처럼 일만 하는 사람에게는 좋은 일이 생기지 않는다. 여치 타입처럼 사는 편이


변화의 시대를 즐기는 생활 방식

돈이 지천으로 들어온다. 노동과 소득은 반비례한다.

요컨대 이솝이 생각했던 것과는 반대의 세상이 된 것이다. 다만, 가치와 소득은 비례한다. 즉, 가치 있는 것을 생산하면 소득은 증대한다. 그런데 현대에 와서는 노동과 가치가 분리되어 있는 셈이다. 이런 까닭에 개미와 여치 이야기는 진부해지고 말았다.

그런 시대에 원전은 어떻든 뜯어 고친 이야기를 교훈 이야기로 어린이에게 가르치는 것은 어처구니없는 일이다. 그것은 이젠 농담 같은 것이기 때문이다. 그리고 개미가 과로사(過勞死)를 했다는 것은 나쁜 농담이다.

## 85. 계획대로 안 되는 일을 즐기는 시대

계획을 세워도 그대로 안 되는 시대가 되었다. 예를 들면 기업이 상반기의 매출 목표를 정한다. 이전에는 그것이 대체적으로 달성되었으나. 지금은 대폭적으로 차질이 생기는 경우도 드물지 않다.

그런 방면의 귀신같은 사람이 한 말이니까 세상이 그만큼 격변하고 있다는 것이리라. 그러므로 현명한 경영자는 대략적인 목표를 세워놓고, 그 때마다 변화에 따라 수시로 계획을 변경한다. 또, 목표가 달성되지 않더라도 곤란해지지 않도록 준비를 해 둔다고 한다.

계획대로 달성되지 않는 것을 곤란하다고 느끼는 사람도 있을 테지만, '도리어 재미있다'고 말하는 사람도 있다. 나도 역시 그쪽이 일하는 보람이 있을 것만 같은 느낌이 든다. 조금도 차질없이 추진되지 않으면 안 되는 성질의 일은 제외하고, 일반적인 회사의 일은 계획이 틀어지는 일이 커다란 기쁨으로 이어지는 일도 있다.

예를 들면 매출 목표의 3배가 팔리면 그것은 즐거운 오산(誤算)일 것이다.


변화의 시대를 즐기는 생활 방식

하지만 한편으로는 그와는 반대가 되는 경우도 있다. 목표의 절반도 달성되지 않는 경우도 일어난다. 좋아하든 좋아하지 않든 간에 시대는 그러한 상황이 되어 있다.

나가시마(長嶋) 감독의 야구가 꽃핀 것도 시대의 상징이다. 프로 야구도 지난 10년 정도는 이른바 관리 야구의 전성기였다. 이것은 계획을 세우고 계획대로 추진하여 계획대로 승리하는 야구이다. 지금은 아무리 면밀히 계획을 세우더라도 그대로는 되지 않는다.

왜 그대로 되지 않게 되었는가? 사람들의 마음이 변했기 때문이라고 나는 생각한다. 결정된 계획을 따라 하는 것은 재미가 없다고 생각하기 시작한 것이다. 노모(野茂)가 메이저 리그로 이적하리라는 것을 누가 예측했겠는가? 하지만 교진(巨人)의 구와타(桑田)도 그런 생각을 하고 있었다는 사실이 밝혀졌다. "나는 이 팀의 에이스니까 책임이 있다."고는 생각지 않는다. 나의 가능성을 시험해 보기 위해서는, 또는 그렇게 하는 편이 재미있으면 그쪽으로 가 보자. 이러한 경향이 사회 전체에서 엿보인다.

이것은 사람들이 자기의 인생을 즐기는 자세를 지니게 되었기



인생의 즐거움을 발견하는 법

때문이라고 생각한다. 한 번뿐인 인생을 과감하게 살아보고 싶다. 삶의 보람을 끝까지 추구해 보고 싶다. 일류 기업의 간부가 갑자기 회사를 그만두고 선술집을 차리고, 이전의 프로레슬러가 국회 의원이 되겠다고 하는 것도 사람들의 마음이 삶의 보람을 추구하는 유형으로 변했음을 말해 주고 있다.

지금, 세상 사람들이 무슨 일이든지 손을 대는 것은 이와 같은 이유가 있기 때문이다. 과거의 경험에서 나오는 선견 지명이 맞지 않는 건 당연하다. 계획에는 과거의 경험이 참여한다. 하지만 경험이 효과가 없으니까 계획대로 되지 않는다. 골치아픈 일이지만 재미있기도 하다. 지금은 그런 시대이다.


변화의 시대를 즐기는 생활 방식

## 86. 돌이나 도구에도 생명이 있을지도 모른다

세상에는 신비한 능력을 지니고 있는 사람이 있다. 내가 최근에 사업 관계로 알게 된 두 사람은 유별난 괴짜다. 한 사람은 민들레하고 대화를 한다. 어느 날, 강둑에서 쉬고 있는데, 민들레가 "아저씨!" 하고 부르는 소리를 들었다.

그 후로 여러 가지 식물과 대화하고, 여러 가지로 도움이 되는 일을 배우고 있는 모양이다. 그는 오키나와(沖繩) 사람이다.

또 한 사람은 돌과 함께 살고 있는 사람이다. 옛날에는 밭이었던 3천 평되는 정원의 흙 속에서 커다란 돌이 많이 묻혀 있는 것을 알게 된 그 사람은 몇십 톤이나 되는 큰 돌에서부터 작은 것에 이르기까지 6백 개의 돌을 혼자 힘으로 파내어 근사한 정원을 만들었다. 오키나와의 미야코 제도(宮古諸島)에서 일어난 일인데, 그곳은 지금 관광 명소가 되어 있다고 한다.

이 돌을 파낸 사람은 왜 이런 힘드는 일을 했느냐 하면, 하늘에서 그러한 지령이 내려왔기 때문이라고 한다. 그리고 파낸 돌은 옮겨다 앉히는 방법에 대해 여러 가지 주문을 한다고 한다. 이것도 일종의 돌과의 대화라고 해도 좋을 것이다.


인생의 즐거움을 발견하는 법

하지만 이런 얘기를 듣고 놀라면 안 된다. 얼마 전에 텔레비전에서 보았는데, 사기 주전자를 모으는데 열중하고 있는 사람이 있었다. 그 사람은 사기 주전자를 보고 "이 아이들은"이라고 의인화해서 애지중지하고 있었다. 산이나 나무나 풀에 이르기까지 신이 있다고 믿어 온, 자연 신앙이 강한 일본인은 옛날부터 동식물뿐만 아니라, 도구나 장식품이나 건물에도 생명이 깃들어 있다고 생각해 왔다.

이러한 관념은 근대에 이르러 사라졌던 것이지만, 최근에 이르러 갑자기 부활한 것 같다. 근대 과학의 상식에 따른다면, "바보 같은 소리하지 마."라는 말을 들을지도 모르지만, 그렇게 간단히 처리해 버릴 수 없는 것은, 그 과학이 "어쩌면 돌이나 인형에도 생명이 있을지도 모른다."고 하는 견해를 나타내기 시작했기 때문이다.

인간 생명의 근원에 대해서 우리는 아직까지도 잘 알지 못하고 있다. 물질의 궁극을 탐구해 나가면 원자가 나오고, 원자는 원자핵과 전자로 되어 있다. 원자핵은 양자와 중성자로 되고…….라는 한도 끝도 없는 것이 되지만, 이 수준에 이르면 생



변화의 시대를 즐기는 생활 방식

명체나 비생명체나 똑같은 물질로 되어 있다. 도대체 지난날 우리가 생각하고 있던 생명과 비생명을 어떻게 구별해야 좋은지 잘 알 수 없다.

모르기 때문에, 돌이나 물이나 다이아몬드에 생명이 있다고 해도 그것을 완전히 부정할 수는 없다고 생각한다. 생명은 세포로 되어 있다고 하는 것은 언뜻 보아 확실한 지식인 것처럼 생각되지만, 그것은 어디까지나 인간이 결정한 것에 지나지 않는다. 어쨌든 모르는 것이 아직도 얼마든지 있다. 그러므로 기성 개념에 너무 사로잡히지 않는 게 좋다. 어떤 사물에서나 생명을 발견할 수 있다면, 그것도 하나의 대단한 능력이라고 할 수 있을 것이다.


인생의 즐거움을 발견하는 법

## 87. 컴퓨터 시대일수록 감성을 길러라

사람을 기다리게 해 놓고 식사를 할 때, "어서 드십시오, 천천히"라는 말을 듣는다면, 그 말은 "빨리 먹어라."라는 말이다. 어떻게 해서든지 찾고 싶어하는 자료일수록 어디론지 사라지고 없다. 만나고 싶지 않은 사람은 어쩐 일인지 딱 마주치고 만다. 머피의 법칙이라는 것은 세상이 얼마나 얄궂게 되어 있는지 밝혀 낸 증명 같은 것이지만, 이것을 적용하면 현재와 같은 컴퓨터 시대에는 완전히 정반대의 것이 가치를 갖게 된다는 말이 된다.

워드프로세서가 출현했을 때, "이젠 일본어 가나 타자기는 못 쓰게 된다"는 소리가 나왔다. 이것은 올바른 인식이다. 자동차가 보급되면 인력거는 필요 없게 되는 것과 같은 것이기 때문이다. 하지만 "워드프로세서가 보급되면 붓이 되살아난다"고 말한 사람도 있었다. 이것은 절반이 맞았다. 서예는 쇠퇴하기는커녕 도리어 번성하고 있고, 워드프로세서까지도 모필 문자를 쳐내고 있다.

이것은 어떤 현상이냐 하면, 인간의 뇌가 무의식적으로 균형을 잡으려 하고 있는 현상이라고 생각된다. 컴퓨터가 하는 일은


변화의 시대를 즐기는 생활 방식

인간의 뇌로 말하면, 왼쪽 뇌가 하고 있는 일이다. 연산(演算), 언어, 기억 등과 같은 것이 왼쪽 뇌가 하는 임무이다.

인간의 왼쪽 뇌의 기능을 컴퓨터가 해 주는 것이지만, 만일 이 분야에서 컴퓨터와 시합을 하려고 해도 인간의 뇌로는 도저히 당해내지 못한다. 하지만 지지 않는 게 있다. 그것은 오른쪽 뇌가 하는 일이다. 감성은 오른쪽 뇌가 담당한다. 이 분야는 컴퓨터가 하지 못하는 분야이다. 그러므로 이 분야는 앞으로 소중히 여겨진다.

지금의 편차(偏差)값 만능의 교육에 대해 의문이 제기되어 있는 것도 당연한 일이다. 편차값 교육은 기억력의 시합이지만, 기억력은 이젠 컴퓨터에 맡기면 된다. 무엇을 잘 알고 있는 일에는 별로 가치가 없다. 그 대신에 기획력, 창조력이라든지 예술적 재능은 높이 평가받게 된다.

또 인생을 재미있고 즐겁게 살고 싶거든 유행을 쫓아다니면 안 된다. 유행은 변덕스러워서 일년 내내 변하고, 게다가 어떻게 해볼 도리가 없는 것은 순환이다. 사회에서는 유행이 시대를 반영하는 거라고 여기고 있으나, 그 반영이라는 것은 간단히 말


인생의 즐거움을 발견하는 법

하면 인간의 새로운 것을 좋아하는 취향과 싫증을 반영하고 있을 뿐이어서, 결코 미래 예언적인 것은 아니다.

그러므로 유행 따위에는 관계없이 자기가 무엇을 해야 좋은지를 생각할 필요가 있다. 나는 앞으로는 감성 겨루기와 관계 있는 일을 하는 것이 좋을 거라고 생각한다. 예술 분야 같은 것이 그런 것이다. "나에겐 예술적 재능이 없다."고 생각할 필요는 없다. 예술 생산자가 되지 않더라도 주변에는 얼마든지 할 일이 널려 있다. 다만, 풍성한 감성만은 길러두지 않으면 안 된다.



변화의 시대를 즐기는 생활 방식

# 88. 남의 머리를 통한 정보가 가치있다

정보에는 활자 정보, 전파 정보, 인적 정보가 있다. 그러나 이제부터 가치 있는 정보는 인적 정보이다. 가장 도움이 되는 것은 인적 정보이다. 예를 들면 엔고(圓高)의 행방에 대해 알고 싶을 때, 사무실의 직원에게 기초 데이터부터 조사하게 하면 하루가 걸린다. 하루에 끝내면 좋은 편이다. 활자 정보는 얼마든지 있으나, 이쪽이 알고 싶은 내용으로 되어 있지 않다. 수집해서 정보 가공을 해야 하지만, 상당히 시간과 노력이 많이 드는 작업이 된다.

그런데 엔고에 관해서 잘 아는 친지인 경제학자에게 전화를 걸어 10분이나 15분쯤 얘기를 나누면 알고 싶은 것은 거의 대부분 알게 된다. 그것도 이쪽에서 알고 싶은 형식으로 내 머리 속에 입력된다. 이런 편리한 일을 할 수 있는 것은 그 분야에서 종사하는 전문가의 정보 수집력과 분석력, 풍부한 지식에 의한 판단을 그대로 전달받을 수 있기 때문이다.

미국의 자동차왕 헨리 포드는 기초적인 학력이 없었으나, 언제나 최고의 두뇌를 가진 몇 사람을 자기 옆에 두고, 알고 싶은 것을 배우면서 사업을 했다. 인간의 두뇌는 컴퓨터와는 다른 굉


인생의 즐거움을 발견하는 법

장한 능력을 갖추고 있는데, 그 굉장한 능력과 각자의 정보 수집력을 몽땅 이용할 수 있는 인적 정보의 가치는 상상 이상으로 크다.

포드를 흉내낼 수는 없으나, 이전부터 실행하고 있는 것은, 사람들이 오기 쉽게 사무실의 환경을 갖춰 두는 일이다. 여러 분야의 사람들이 찾아오는데, 모두가 다 정보를 가지고 온다. 그것을 차 한잔을 내주고 전달받는다. 또, 내가 사람들과의 교제를 소중히 여기는 것도 일단 유사시에 쾌히 협력을 해 주기를 바라기 때문이다.

어쩐지 타산적이라고 여겨지겠지만, 그 대신 이쪽에서도 상대방에게 협력해 준다. 게다가 상응하는 정보나 지식, 노하우는 가지고 있다. 주지는 않고 뺏기만 하는 짓은 하지 않는다. '사람이 그렇게 신선하고 도움이 되는 정보를 소유하고 있을까' 하고 의심스럽게 여겨질지도 모른다. 거기에는 비밀이 있다.

사람들이 가져오는 정보가 진정한 의미에서 극비 정보인 경우는 좀처럼 없다. 정보원(情報員)은 거의 대부분 활자, 전파 정보이다. 하지만 그것을 전문 분야의 사람이 머리 속에 입력하여


변화의 시대를 즐기는 생활 방식

풍부한 지식과 경험에 의해서 분석한 것은 새로운 가공 정보(加工情報)이다. 미국 CIA가 매일같이 클린턴 대통령에게 제공하고 있는 정보 파일이 있다.

CIA에서 하는 일이니까 틀림없이 극비에 속하는 정보가 있으리라고 생각하겠지만, 실제로는 100% 공표된 정보를 근거로 해서 만들어진 것이라고 한다. 많은 돈을 들여 스파이가 가져온 정보일수록 가짜 정보였던 것은 유명하다. 그런 정보에 염증을 느낀 나머지, 공표된 정보를 열심히 수집하여 분석 가공하면 눈이 번쩍뜨일 만한 훌륭한 정보가 된다. 그 정도로 정보 기기(機器)가 발달하면, 차이를 내는 마지막 보루는 인간의 두뇌를 통과 시켰느냐 안 시켰느냐 하는 것이다.


인생의 즐거움을 발견하는 법

## 89. 당신은 어느 쪽에서 은혜와 의리를 느끼는가

은혜와 의리라는 것의 질이 일본인과 미국인 사이에서는 상당히 다르다는 것을 심리학자이자 도쿄 학예대학 조교수인 아이카와 미쓰루(相川充)가 말했다. 좀 생각해 보게 한 말이었으므로 다음에 그 개략을 소개한다. 아이카와 씨는 듣는 사람에게 다음과 같은 설문을 냈다.

A 씨는 사업 관계로 부탁할 일이 생겼다. M 씨에게 부탁했더니, 자기의 사업까지도 제쳐두고 열심히 해 주었으나 결과는 신통치 않았다. 다음에 O 씨에게 부탁하자 전화 한 통으로 A 씨가 바라던 대로의 결과를 내주었다. 그런데 어느 쪽에 더 강하게 은혜와 의리를 느끼느냐 하는 것이다.

생각을 할 때에는 하나의 전제가 있다. 그것은 은혜와 의리를 비용과 이익의 합으로 나타내는 것이다. M 씨는 10의 비용을 들여 1의 이익밖에 올리지 못했다. O 씨는 1의 비용으로 10의 결과를 가져다 주었다. 양쪽이 다같이 은혜와 의리의 합은 11이 되는데, 이것이 만일 당신이라면 어느 쪽에 좀더 많은 은혜와 의리를 느끼느냐 하는 것이다.

아이카와 씨에 의하면, 미국인은 O 씨에게 좀더 은혜와 의리


변화의 시대를 즐기는 생활 방식

를 느끼고, 일본인은 M 씨 쪽에 기울어진다고 한다. 여기서 나는 생각에 잠기고 말았다. 미국인은 결과를 중요시한다. 참으로 실용주의적인 나라이다. 그에 비해서 일본인은 그 사람이 자기를 위해서 지불한 비용에 중점을 둔다. 결과의 여하보다는 과정을 중요시한다.

나도 일본형으로 기울어지는 듯한 기분이 든다. 이러한 문제는 감성의 영역에 속하는 것이므로, 어느 쪽이 옳다고 하는 것은 아니지만, 다만 마음의 어디선가 '미국형의 감성도 중요하지 않을까.' 하고 생각한다.

일본 특유의 은혜와 의리라는 것은, 이같은 은의(恩義)를 느끼는 것에서 나온 것이 아닐까? 하룻밤 먹이고 재워 준 일숙 일반(一宿一飯)의 은의 때문에 생명을 잃을지도 모르는 싸움에 가담하여 도와 달라는 부탁을 받고 거절하지 못한다면 어떻게 보아도 높이 평가된다. 그러나 도저히 수지가 안 맞는다. 하지만 야쿠자 영화 같은 데서는 그것을 아름다운 일로 묘사하고 있다. 미국인이었다면 "하룻밤 숙박료만 계산해 주시오. 도저히 생명까지는 줄 수 없소" 하고 말할 것이다.


인생의 즐거움을 발견하는 법

일본인도 앞으로는 미국형으로 생각하는 노력이 필요할지도
모른다. 왜냐하면 성의나 노력이나 자기 희생이라는 것을 과
대 평가하면 피차간에 수준 저하가 되어 버릴지도 모르기 때
문이다.

흔히 "노력만은 남보다도 배나 더 했습니다. 그것을 인정해
주십시오." 하고 말하는 사람이 있다. 그렇게 말하는 사람은 일
본적인 과정 중시형에 속한다. 하지만 결과가 제로라면 역시 제
로이다. 노력을 인정하는 것은 부탁한 쪽에서 하는 일이고, 노
력한 쪽은 결과가 나오지 않을 때는 자기가 얼마나 노력했으니
인정해 달라는 말을 하면 안 된다고 생각한다.


변화의 시대를 즐기는 생활 방식

## 90. 이젠 편차값 수재(秀才)는 필요 없다

세상이 크게 변했는데도 아직도 자녀를 일류 학교에 넣고 일류 기업의 샐러리맨으로 만들려고 하는 학부모가 끊이지 않는다. 무엇을 하든 개인의 자유지만, 너무나도 인식이 부족하다. 이 기회에 나의 생각을 말해 보기로 한다.

자녀를 격려하여 일류 학교에 넣는 것은 자녀의 장래를 생각해서 하는 일이다. 일류 학교를 나오면 일류 기업에 들어간다. 일류 기업에 들어가면 장래는 안심이다. 모두 다 가능성의 문제인데, 확실히 삼류 학교보다는 일류 학교 쪽이 일류 대기업에 취직할 수 있는 가능성은 높다고 할 수 있다. 하지만 결국은 샐러리맨이 아닌가? 부모가 십 수년 간 뼈를 깎는 듯한 고생을 해서 들어갈만큼 가치가 있는 것은 아니다. 그러나 가치관의 문제이니까, "그래도 좋다"고 하는 사람도 있을 것이다. 내가 걱정하는 이유는, 앞으로의 시대는 그런 계획대로 흐르지는 않으리라고 생각하기 때문이다.

이미 그 징조는 여기 저기서 나타나고 있다. 취직 시험에서 학교 이름을 묻지 않는 회사가 나타났다. 지금까지는 일류 학교


인생의 즐거움을 발견하는 법

학생 외에는 들어갈 수 없었던 것이, 이 정도로 상황이 변해 버리고 말았다. 그 해 졸업자나 그 이전의 조업자나 전직자나 다같이 한데 싸잡아, 다시 말하면 연령, 학력, 성별, 경험 일체를 따지지 않는 일류 기업이 출현할 날도 멀지 않았다. 모든 분야가 다 그렇게 되리라고는 생각하지 않는다. 여러 가지 형태의 채용 방식이 나올 것이라는 말이다.

그리고 또 한 가지, '편차값 수재는 필요 없다'고 생각하는 기업이 늘어나고 있다. 편차값 수재는 기억력의 승부이다. 하지만 기억력을 필요로 하는 업무는 앞으로 없어지고 만다. 필요한 때 컴퓨터에게 물어보면 되기 때문이다. 근면성도 별로 요구하지 않게 된다. 날마다 회사에 늦지 않게 출근하는 것과 같은 근면성은 필요 없게 된다.

가장 필요한 것은 상황의 변화에 적응해서 착실히 실적을 올릴 수 있는 인간, 남과 다투는 것이 아니라 사이좋게 일을 해 나갈 수 있는 인간, 새로운 것을 만들어 내는 창조성이 뛰어난 인간 등이다. 세상의 변화에 대한 반응은 학교보다는 기업 쪽이 훨씬 더 빠르기 때문에 기업이 요구하는 인물상은 자꾸만 변한다.


변화의 시대를 즐기는 생활 방식

　그런데 시대 변화에 대한 학교 교육의 적응력이 완만하기 때문에, 지금 편차값 수재를 목표로 삼고 있는 사람들이 장차 취직할 무렵에는, 세상이 싹 변해서 가장 필요 없는 인간이 되어 있을 가능성이 높다. 좋게 말해서 샐러리맨, 그 샐러리맨도 오를 수 있는 지위의 부족이 확실해서 소수의 간부 후보생 외에는 대졸이나 고졸이나 큰 차이가 없게 된다. 이러한 장래성이 없는 업무에 종사하기 위해서 막대한 희생을 치러도 좋은 것일까?


인생의 즐거움을 발견하는 법

## 91. 마음없는 점수주의는 마이너스다

이번의 한신대진재(阪神大震災)에 대한 행정 관청의 자세는 여러 가지로 비판을 받고 있거니와, 기가 막힌 것은 가옥의 전소(全燒), 반파(半破), 일부 파손 등으로 등급을 매긴 일이다. 보험 회사가 돈을 지불하고 싶지 않아서 '이러쿵 저러쿵' 하고 트집을 잡는다면 이해할 수 있으나, 시에서 의연금을 분배하기 위해서 했다고 하니 어이가 없다. 문안 편지를 부치는 것에 순위를 매긴다는 건 무슨 짓인가? 그런 수고와 시간이 걸리는 쓸데없는 작업 따위는 하지 말고 이재민에게는 일률적으로 분배하면 되지 않는가?

이재민은 정도의 차이가 있을지언정 이재민임에는 변함이 없다. 병으로 말하면 모두가 같은 병이다. 다만, 병의 위중한 정도가 다를 뿐이다. 같은 암환자에게 문병을 갈 때 말기 환자에게는 1만 엔, 치료될 가능성이 있는 사람에게는 5천 엔, 초기 암환자에게는 3천 엔 등으로 등급을 매기는 것과 같은 짓이다. 문안하는 마음으로 보아 이것은 이상한 짓이 아닌가?

게다가 전파, 반파를 판단하는 척도가 상당히 엉터리여서 이재민들로부터 큰 불평이 나왔다. '그렇다면 이의가 있는 사람은


변화의 시대를 즐기는 생활 방식

재조사 신청을……' 어쩌고 했다. 이 급한 판국에 도대체 무슨 짓을 하고 있는가! 지방 자치 단체의 이 가공할 만한 묵은 폐습 같은 사고방식은 어디서 나온 것인가? 사실은 이것이야말로 못된 점수주의이다.

점수주의라는 것은 객관성을 획득하는 방법인데, 일정한 규칙에 따라 가산이나 감점 등을 해서 점수를 매기고, 그렇게 해서 결정적인 재료로 삼는 방법이다. 학교의 시험 등이 그 전형적인 예인데, 이렇게 해서 인간을 판단했을 때, 그것은 단순히 기억력의 우수성이나 노력의 자취는 엿볼 수 있겠지만, 개인의 인간성이나 가능성은 전혀 알 수 없는 것임이 자명한 일이다.

그런 방식을 아무데나 쓰려고 하는 짓은 이젠 서서히 그만둬야 한다. 특히 지진과 같은 경우, 가장 배려하지 않으면 안 되는 것이 이재민들의 마음이다.

일찍이 없었던 격심한 지진에서 받은 마음의 상처는 깊을 것이다. 이런 때에는 점수주의가 아니라, 대충대충 해도 좋으니까, 안심과 만족과 위로의 마음을 이재민의 피해 정도를 가리지 말고 나눠 주어야 하지 않겠는가?


인생의 즐거움을 발견하는 법

　점수주의가 좋지 않은 것은, 한 점이라도 더 얻는 일에는 열중하지만, 점수가 되지 않는 일은 일절 하지 않는, 비뚤어진 근성을 심어 주기 때문이다. 또, 감점이 될 만한 일은 피해 버리는 한심스런 근성도 자라난다. 다만 오로지 점수를 벌고 감점은 당하지 않는 심부재(心不在), 곧 마음없는 인생이 될 따름이다. 이런 것을 일러 '침향도 피우지 않고 방귀도 뀌지 않는다', 곧 '잘하는 일도 없지만, 해를 끼치는 일도 없다'고 하는 것이다.

　또 한 가지 점수주의의 결함은 큰 변화에 적응할 수 없다는 것이다. 인생은 계산대로 되지 않는다. 경천 동지(驚天動地)의 사건이 일어난다. 이번의 대지진이 그 좋은 예이다. 지금 세계는 크게 변하는 시기이다. 인류 사회가 크게 변하려 하고 있다. 이런 때 점수주의는 도리어 마이너스로 작용한다.



변화의 시대를 즐기는 생활 방식

## 92. 흉내 잘 내는 인간은 이제 필요 없다

학생과 접하는 기회가 많은 사람의 말을 들어보면, 최근 의학생은 지시하거나 힌트를 주면 하지만, 자기들 스스로 무슨 일에 몰두하는 자세가 부족하다고 한다. 또, 자기 스스로 생각하고 비판하는 일에 서툴러서, 남의 의견을 그대로 자기의 의견인 것처럼 믿는 경향이 엿보인다고 한다. 독창성이 문제가 되는 시대인 만큼 참으로 난감한 일이라고 생각한다.

이것은 편차값 교육의 결함이다. 기억력만을 비대하게 해서 뻔히 아는 것을 얼마나 알고 있는가로 성적을 매겨 온 후유증이 발생한 것이다. 이대로 가다가는 일본에서 독창적인 기술은 점점 더 나오기 어렵게 될 것이다.

시키지 않으면 안 한다, 할 때에도 자기의 머리로 생각하지 않는 것은 어린이 세계에서 완전히 벗어나지 못한 증거이다. 부모에게서, "자 내복을 갈아 입어라. 그 옷장 서랍 속에 들어 있지?" 하고 자기가 해야 할 일로부터 하는 방법까지 들은 다음에 단지 그 말을 따라서 하면 되는 생활을 줄곧 해 온 결과이다.

하지만 이런 경향은 학생에게만 국한된 것은 아닐 것이다. 일


인생의 즐거움을 발견하는 법

본의 샐러리맨에게도 이러한 타입이 많은 듯하다. 윗사람으로부터 명령이 내려오지 않으면 아무 일도 않고, 생각을 해도 독창성이 없다. 그런 인간이 과연 질이 나쁜 일부 인간이라면 그대로 내버려두면 그만이지만, 일류 대학을 졸업한 간부 후보생 중에서도 이런 타입이 발견된다.

자기의 머리로 생각하지 않는 이유는, 그렇게 하는 편이 편하기 때문이다.

윗사람이 시켜서 한 일이라고 하면 책임을 지지 않게 된다. 어떻게 해야 하나 하고 고민할 것도 없다. 이런 상태에 들어가 버리면 업무는 아주 홀가분하고 무책임한 것이 된다.

하지만 그 대신, 참다운 즐거움도 느낄 수 없게 된다. 참다운 즐거움은 자기 스스로 생각하고, 마음을 졸이고 가슴을 두근거리면서 실행한 끝에 보기 좋게 성공했을 때이다. 남이 시키는 일을 시키는 대로의 방법으로 처리하는 것뿐이라면 기계와 다름이 없다. 회사에 자기의 몸을 빌려주고 있는 것이나 다름이 없다.

일본인이 오랫동안 독창성이 없다는 말을 들어 온 이유는 자


변화의 시대를 즐기는 생활 방식

기들이 목표로 삼는 근대 국가의 모범이 이미 있었기 때문이다. 유럽이나 미국에서 하는 방법을 흉내내고 있으면 그만이었다. 그래서 모방의 명수(名手), 배움의 명수가 되었다. 그런 과거의 유산이 지금도 사람들의 마음 속에 남아 있다.

지금은 어디에도 흉내내거나 모방할 대상이 존재하지 않는다. 일본은 독자적으로 해 나가지 않으면 안 된다. 뿐만 아니라, 세계의 모범이 되어야 한다. 그런 시대에 자기의 머리로 생각할 수 없다면, 시대에 뒤쳐지게 될 뿐만 아니라, 불필요한 인간이라는 낙인이 찍히게 될지도 모른다.



인생의 즐거움을 발견하는 법

## 93. 무슨 일에나 깊이 관여하는
사람에게 기회가 있다

옛날에는 직업을 바꾸는 사람은 신용받지 못했다. 직장에서도 그랬다. 주소를 자꾸 옮기는 사람은 변변치 못한 놈이라고 인정받았다. 한 곳에 자리잡고 있으면서 아내나 직장도 바꾸지 않은 채 10년을 하루같이 살고 있으면 훈장을 받을 수 있었다.

이것은 반드시 틀린 판단은 아니다. 하지만 그렇게 하는 데에는 한 가지 전제가 있었다. 세상의 변화가 완만해야 한다는 전제이다. 5년이나 10년 후에 모든 것이 확 달라지지는 않는다. 10년이 지난 후 고향에 돌아가도 조금도 곤란할 것이 없는 변화 속도가 전제였던 것이다.

지금은 어떤가? 1개월 동안 도쿄를 떠났다가는 까딱하면 자기 동네를 찾지 못해서 헤매게 된다. 있어야 할 다방, 메밀국수집이 어디론가 사라지고 슈퍼마켓이 되어 있다. 이웃집에는 낯선 사람이 살고 있다. 현대는 과거 1세기에 걸쳐 일어났던 변화가 1년 만에 일어나도 이상하지 않은 시대이다.

이런 시대에 10년을 하루같이 살고 있다가는 시대에 뒤쳐진다. 물론 그렇지 않은 세계도 있다. 시가현(滋賀縣) 중앙부에 있


변화의 시대를 즐기는 생활 방식

는 히와코(琵琶湖) 호반에서 구이 요리나 실컷 먹고 산다면 별문제가 안 된다. 하지만 도시에서 살 경우에는 변화에 적응하지 않고 인생을 잘 살기는 어렵다. 직업도 바뀌고 생활 방식도 변한다. 아내가 바뀌어도 어쩔 수 없다. 옛날 같으면 신용할 수 없는 생활 방식이 지금은 오히려 적극적인 생활 방식이다.

하지만 인간에게는 안주 하려는 본능이 있기 때문에 여간해서는 변화를 따라가지 못하는 사람도 있다. 일자리를 얻어 우선 먹고 살수 있으면 거기에 안주하려는 사람도 적지 않다. 그런 사람은 이 변화가 많은 사회에서 10년을 하루 같은 생활을 시작하려는 사람이다.

그건 그것으로 괜찮지만, 언제 자기의 존재 가치가 송두리째 뒤집힐지 알 수 없기 때문에, 보험이라는 의미에서 주위를 두루 살피는 관심의 폭만큼은 넓게 가질 필요가 있다. 넓어지면 아무래도 얕아지지만, 그것은 어쩔 수 없는 일이다. 얕아도 좋으니까 여러 가지 일에 될 수 있는 대로 깊이 관여해서 자기에게 신선한 자극을 주고, 동시에 풍부한 정보를 수집해 두어야 한다.

무슨 일에든지 깊이 관여하는 사람은 절조(節操)가 없다고 여


인생의 즐거움을 발견하는 법

겨지기 쉽지만, 지금의 세상이 절조가 없으니까, 오히려 당연한 생활 방식이 된다. 여러 가지 분야에 한다리 끼는 것은 자기의 기회를 얻기 위해서는 절대적으로 필요하다.

메이지 유신 때 활약한 사카모토 료마(坂本龍馬) 같은 사람은 무슨 일에나 한다리 걸치는 생활을 한 전형적인 인물이다. 게이오 의숙(慶應義塾)의 창립자이자 계몽 사상가인 후쿠자와 유키치(福澤諭吉)도 그랬고, 정치가이자 실업가인 시부사와 에이이치(澁澤榮一)도 그랬다. 시대의 변혁기에 맞는 생활 방식이다. 지금의 시대는 일찍이 없었던 변혁기이다. 무슨 일이든지 흥미를 가지고 "뭐야? 뭐야?" 하고 한다리 걸치는 사람에게 보다 많은 기회가 돌아온다.


변화의 시대를 즐기는 생활 방식

## 94. 좀더 독단과 편견을 가지라

일본인은 '모든 사람과 함께'를 좋아한다. 외국 여행을 하고 있는 일본인이 수학 여행을 하는 학생처럼 무리를 지어 행동하는 일은 유명해서, 자기의 시간, 자기의 생각, 자기의 취미를 매우 소중히 여기는 유럽인은 거의 다 어처구니 없게 여긴다.

이쪽도 그들에 대해서 질리는 일이 있으니까, 외국인이 어처구니 없게 여기는 것은 아무래도 좋은 일이지만, 언제까지나 '모두다 함께'라는 생각을 하고 있으면 앞으로의 시대는 뒤쳐진 인간으로 살아가지 않으면 안 된다. 그것이 걱정이다.

90년대에 들어와서 세계는 흔들리고 있다. 동서 냉전이 종결된 후, 세계는 이제 아무도 정확히 예측할 수 없는 시대가 되었다. 거시적(巨視的)으로는 예측할 수 있어도, 신문 기사가 되는 정도의 미시적(微視的)인 움직임은 이젠 뭐가 뭔지 알 수 없다.

이런 시대에 '모두다 함께'는 무엇을 의미하는가? 외국과의 회의에서, "일본은 어떻게 하시겠습니까?" 하고 물으면, "여러 나라와 똑같이 해도 좋습니다" 하고 대답했다가는 무시당하거나 무책임하다고 비난당할 것이다. 이런 것과 똑같은 짓을 개인도


인생의 즐거움을 발견하는 법

하고 있으면 안 되는 것이다.

영국이라는 나라는, 어떤 사람의 말에 의하면, 협잡꾼의 나라라고 한다. 예를 들면 마음 속으로는 '1만 엔에 팔아도 괜찮아.' 하고 생각하더라도, 당당히 신사의 태도를 취하면서 '10만 엔.'이라고 터무니없이 비싼 값을 부른다. 그리고 쉽사리 물러서지 않는 나라라고 한다. 게다가 이유를 늘어놓는 것에는 이골이 났다고 한다. 그렇게 하고는 생트집을 잡고 끝까지 물고 늘어진다고 한다.

그러고 보면 영국은 인도, 중국, 아프리카와 옥신 각신 분쟁을 일으키고, 이전의 연합국인 미국, 오스트레일리아와도 분쟁을 일으키고 있다. 나아가서는 아일랜드와의 분쟁 등, 우리 일본인이 보기에는 그 스태미너에 놀라지 않을 수 없다. 간단히 말하면 '모두다 함께'는 커녕 '누구하고든지 싸운다'고 하는 만만찮은 국민성이다.

영국 이외의 국가도 저마다 만만찮은 나라이다. 일본인은 앞으로 이러한 나라의 국민들과 함께 살아가지 않으면 안 된다. 그들의 수법은 한 마디로 말해서 독단과 편견을 당당히 들고 나



변화의 시대를 즐기는 생활 방식

온다. 그리고 자기의 페이스로 끌어들인 다음, "사이좋게 지내자" 하고 말하는 것이다.

독단이란 자기 혼자의 생각으로 행동하는 일이요, 편견이란 한쪽으로 치우친 견해이다. 요컨대 나는 이렇게 생각하고 이렇게 행동한다고 그들은 당당히 말한다. 우리 일본인은 어느 쪽이냐 하면 독단이나 편견을 싫어하지만, 그들은 반대로 남과 다른 점을 높이 평가하는 경향이 강하다.

자기의 성장이나 사회의 진보를 생각한다면 독단과 편견도 크게 필요하다고 생각한다. 지금까지 일본인은 '모두다 함께'로 잘 되어 왔기에 그렇게 해 왔으나, 그것만으로는 안 되며 그 때는 변신을 잘하는 일본인이므로 독단과 편견을 지닌 사람이 늘어날 것이 틀림없다. 또, 늘어나지 않으면 곤란하다.


인생의 즐거움을 발견하는 법

## 95. 인생에 겸양은 필요 없다. 자기 주장을 하라

국제화 사회에서, 일본인에게 부족한 것은 자기 주장이라는 것이 드디어 명백해졌다. 이대로 간다면 일본은 만만찮은 세계 여러 나라로부터 멋대로 다뤄져서 웃음거리가 될 것이다. 아니, 벌써 그렇게 되어 있다. 일본인이 자기 주장을 하지 않고, '다른 사람하고 똑같이 해도 좋다'는 태도를 계속해서 취해온 데에는 그럴만한 이유가 있다. 정말로 그것이 좋다고 생각하고 있었던 게 아니고, 다수와 다른 의견이나 행동이 혐오당하는 공동체에서 자라났기 때문에 생겨난 자기 보신을 위한 방편이었다.

그것이 어느 틈엔지 습성이 되어, 옆에 끼여 있어도 좋다는 풍조를 만들었으나, 21세기에 들어선 후에도 그런 짓을 계속해서 하다가는 일본은 몰락하고 만다.

도쿄 미나토구(港區) 롯본기(六本木)에는 불량한 외국인이 많이 모여 있는 곳이 있다. 거기에 일본인의 젊은이가 모이면 즉시 경찰이 달려와서 쫓아낸다.

교통 체증의 원인이 되니까 쫓아내는 것은 당연하지만, 외국인의 그룹일 경우에는 경찰이 오지 않는다고 한다. 도대체 무슨


변화의 시대를 즐기는 생활 방식

생각을 하고 있는가? 아마도 경찰이 외국어에 서툴러서 원만히 몰아낼 수 없기 때문이겠지만, 여기에도 외국인을 상대하는 순간에 겸손해져서 자기 주장을 하지 못하는 일본인의 성격이 여실히 나타나 있다. 일본인을 배제하는 것과 마찬가지로 배제하든지, 아니면 일본인도 배제하지 않든지 어느 한쪽으로 통일해서 조치를 취해야 하지 않을까.

영국인은 협상하거나 교섭할 일이 생기면 '바가지 씌우기 정신'으로 싸움을 걸어 온다. 그리고 아무리 애를 써도 조금도 물러서지 않는다. 세계의 패권을 거머쥐었던 일이 있는 나라의 만만찮은 태도에는 입이 딱 벌어진다. 어쨌든 자기 주장이 강하다.

역사적으로 봐도 그토록 지적인 수준이 높은, 신사도를 존중하는 나라가 앞서 말한 것처럼 중국, 인도, 미국, 오스트레일리아 등, 한 패거리까지 포함해서 상당히 일방적으로 생트집을 잡아 분쟁을 일으키고 있다. 그것이 무리한 짓인 줄을 뻔히 알면서도 덤비는 '저돌적인 정신'이었다면, 그들은 무엇이 옳고 무엇이 그른지를 알고 한 셈이 되어 어쩐지 무서운 느낌마저 든다.


인생의 즐거움을 발견하는 법

일본을 위해서도 우리는 좀더 자기 주장을 하는 버릇을 들이지 않으면 안 된다. 기업은 이 점을 민감하게 살펴서, 외국으로부터 귀국한 자녀가 많은 대학의 졸업생은 취직률이 높다. 외국에서 살면서 자기 주장을 하는 것을 몸에 익힌 학생을 기업이 적극적으로 채용한 결과일 것이다.

하지만 그런 고식적(姑息的)인 수단으로는 충분치 않다. 일본인이 일본에서 좀더 자기 주장을 하도록 되지 않으면 지금 일본에 있는 외국인조차도 당해 내지 못할 것이 아닌가? 인생은 단 한 번뿐이어서 다시 살 수는 없다. 누구에게 겸양할 필요가 있단 말인가? 자꾸만 자기 주장을 해야 하지 않겠는가?


변화의 시대를 즐기는 생활 방식

## 96. '자기'가 없으면 살아남을 수 없다

'군자는 화(和)하되 동(同)하지 않고, 소인은 동(同)하되 화(和)하지 않는다.'고 중국 고전은 가르치고 있다. 화(和)와 동(同)은 비슷하지만 전혀 다르다. 화(和)하는 데는 자기를 잃는 일이 없다. 동(同)한다는 것은 부화뇌동해 버리는 일이다. 인생을 즐기는 데 화하는 일은 필요하지만, 동해 버린다면 아이덴티티가 없다. 결국은 남의 일을 해 주는 인생을 살다가 죽고 만다. 그 정도의 차이가 있다.

제31대 요메이 천황(用明天皇)의 둘째 황태자인 쇼토쿠 태자(聖德太子)의 '화(和)를 고귀하게 여긴다'는 들출 것도 없이 일본인의 집단 원리는 화였다는 것은 누구나 다 실감하고 있다. 하지만 최근에는 화가 어디론지 가 버리고 동(同)만이 번성하고 있다. 정치계의 이합집산 등은 정말로 추악한 동(同)의 표본이다. 거물 정치가가 없기 때문이다. 화의 집단 원리를 살리는 일이 지금 가장 요구되고 있는 게 아닐까? 다시 말하면 '화하되 동하지 않는' 인간이 앞으로의 사회에서는 가치 있는 인간으로 평가받으리라고 생각한다.

분명히 말해서 고도 경제성장 시대에는 자기를 주장하는 인간


인생의 즐거움을 발견하는 법

은 연기처럼 취급당했다. 멸사봉공하는 사람이 가장 좋은 대우를 받았다. 그런 시대가 오랫동안 지속됐기 때문에, 자주 사용하는 기관(器官)은 발달하고 사용하지 않는 기관은 퇴화하여 없어진다는 이른바 용불용설(用不用說)이 작용하여 동(同)만 할 줄 아는 인간이 늘어나고 만 듯하다.

이른바 지시해 주기를 기다리는 족속 따위는 그 단적인 현상이어서 자기의 머리로 생각하려고 하지 않는다. 야쿠자 조직의 용어로 말하면 총알 요원이다. 야쿠자의 총알은 할일이 없을 때에는 무위도식할 수 있으나, 샐러리맨의 세계는 그렇게 인심이 후하지 않다. '해고해 버려'라는게 요즘 회사의 방침이다. 이것은 상당히 강력한 결의를 하고 추진되어 갈 것임에 틀림없다.

해고당하고 싶지 않거든 '자기'라는 것을 확실히 드러내야 한다. 그래도 안 된다면 어쩔 수 없다. 그 정도의 각오가 없으면 앞으로의 냉혹한 시대를 비즈니스 최전선에서 살아가기에는 적합치 않을 것이다.

어떻게 해서 '자기'를 확립하는가? 당황하고 있는 사람이 있을지도 모른다.


변화의 시대를 즐기는 생활 방식

한 가지 좋은 방법이 있다. 그것은 무엇이든지 좋으니까 관심을 가지고 철저히 집착해 보는 일이다. 의견이 대립하거든 "아 좋아요. 그렇게 하세요"가 아니고 마지막까지 분발해서 해 본다. 마지막에 가서 남의 의견을 따른다 해도 아무 불이익도 없다. 그것이 '화한다'는 것이다.

솔직히 말해서 지금의 일본인은 '자기'를 가지고 있지 않은 사람이 많다.

"당신은 어떤 사람입니까?"

하고 외국인이 물으면 기업의 이름을 자랑스러운 듯이 대는 사람들 뿐이다.

하지만 그 기업이 당신에게 해고장을 들이대려 하고 있다. 이젠 슬슬 그 허무함을 깨달아도 좋은 시기이다. 옛날에는 가는 곳마다 있었던 완고한 영감이 이상하게도 그리워지는 것은 나만의 심정은 아닐 것이다.


인생의 즐거움을 발견하는 법

## 97. 장인(匠人) 근성을 가진 사람이 되라

 버블(포말 현상)이 무너지고 여러 가지 현상이
본래의 모습으로 되돌아왔다.

버블 시대에 본업을 뒷전으로 돌리고 재(財)테크에 넋을 잃었
던 기업도 간신히 잠에서 깨어났는지 본업에 전념하게 되었다.
회사가 변하면 샐러리맨도 변해야 한다. 샐러리맨의 본래의 모
습이란 무엇일까? 고도 성장시대에는 근면하고 성실했다. 그렇
지만 그 이면에는 '쉬지 않고, 지각하지 않고, 일하지 않는다'
는 것이 있었지만, 윗사람의 지시에 따라 "예, 예" 하며 고분고
분 순종하고 있으면 되었다. 하지만 앞으로는 그런 식으로 일하
면 안 된다. 샐러리맨도 장인(匠人) 근성을 가질 필요가 있다.
그런 시대에 들어섰다고 생각한다.

장인 근성이란 무엇인가? 샐러리맨에게는 익숙하지 않은 것이
지만, 어쨌든 좋은 결과를 낳는 것이다. 장인의 세계는 제법 엄
격하다. 일본의 샐러리맨은 집단 행동을 하니까 한 사람 한 사
람의 결과는 별로 뚜렷이 나오지 않는다. 그런데 장인의 세계에
서는 자기가 한 일은 잘했든 못했든 남 앞에 드러내 놓게 된다.

결과가 좋지 못하면 다시 하게 되거나, 그 때까지의 노력을


변화의 시대를 즐기는 생활 방식

모두다 없었던 것으로 하거나, 평판이 떨어지거나 한다. 어쨌든 자기가 뿌린 씨니까 자기가 거두지 않으면 안 된다. 그 대신, 결과가 좋으면 그 이익은 충분히 자기에게 되돌아온다. 샐러리맨의 세계에서 쓰이는 말로 표현하면 능력급(能力給)의 세계이다.

지금까지는 샐러리맨은 이러한 세계와는 거의 아무런 관계가 없었으나 버블 붕괴 이후에는 양상이 변했다. 연공 서열 임금도 종신 고용도 무너질 가능성이 높다. 그 대신 도입되는 것은 능력급이 될 것이 틀림없다. 최근 일부의 기업이 연봉제(年俸制)라는 말을 하기 시작한 것은 그 전조라고 봐도 좋을 것이다.

줄다리기를 할 때 수많은 사람이 다 같이 잡아당기므로 자기의 힘을 빼고 있어도 눈에 띄지 않는다. 승리한 혜택은 그런 사람도 누릴 수 있다. 지금까지의 샐러리맨은 그렇게 할 수 있었다. 그래서 어느 회사에 소속하느냐 하는 것이 가장 큰 문제이고, 나머지는 마이너스를 줄여 주고 있으면 한평생 편안하고 무사했다.

하지만 이젠 다시는 그런 목가적인 시대는 오지 않는다. 지금


인생의 즐거움을 발견하는 법

도 지속되고 있다 하더라도 얼마안 가서 없어지고 말것이다. 아마도 변화는 급작스럽게 닥쳐올 것이다. 그 때 가장 강한 사람은 장인 근성을 가진 사람이다. 나는 이 분야에서만은 어떤 사람에게도 지지 않는다. 그러한 사무 기능을 몸에 익혀두면 어떤 변화가 오더라도 놀랄 것은 없다.



변화의 시대를 즐기는 생활 방식

## 98. 무엇이든지 한 가지를 끝까지 해 보라

오릭스의 이치로가 무라야마(村山) 수상을 예방(禮訪)했을 때의 뉴스 영상을 보았다. 겨우 20세가 될락 말락한 젊은이가 70이 넘은 인생의 경험자, 일반 국민으로서 가장 높은 지위에 오른 인물과 단 둘이 앉아 있어도 조금도 부족하지 않은 걸 보고 놀랐다. 뭔가 한 가지를 철저히 하면 인간의 그릇이 커지는가 보다.

스타는 붐비는 사람들 속에 있어도 알 수 있다. 발산하는 것이 다르기 때문이다. 스타에게는 허상(虛像)이라 할 수 있는 부분도 있지만, 사람들이 지켜봐 주는 것에도 뭔가 독특한 영양분이 있는가 보다. 어떤 종류의 범죄자가 옥중에서 일반 사회에 있는 사람보다도 훌륭한 인간이 되는 예도 있거니와, 범죄 조차도 절정에 달하면 인생에서 귀중한 뭔가를 깨닫게 되는지도 모른다.

그런 의미에서 타격의 명선수도 스타도 범죄자도 아닌 평범한 인생을 살아가는 우리도 뭔가 한 가지 정도는 '극치(極致)의 경지'에 도달하는 것을 가져야 한다. 구제불능인 난봉꾼일지라도 얘기를 나누고 있으면 깜짝 놀랄만한 철학적인 말을 하는 수가 있다.

대상은 뭐든지 좋으나, 자기가 좋아하는 것 중에서 일상적으로 몰두할 수 있는 것이 가장 좋다. 오다 노부나가(織田信長)에게 철저하게 몰두한 끝에 20년 걸려서 노부나가 가신단(家臣團)의 인물 사전을 만든 학교 교사가 《닛케이 신문(日經新聞)》 조간 마지막 지면에 수필을 쓰고 있는 걸 읽고, 어지간히 공부를 했겠구나 하고 부럽게 생각했었다. 우리와 같은 직업을 가진 사람으로서는 여간해선 꾸준히 몰두할 것이 없으나, 이와 같이 몰두하는 것이 바로 뜻하지 않은 인생의 진실을 붙잡는 절호의 방법이다.

사업이나 업무에서 일류인 사람은 취미의 세계에서도 뭔가 한 가지를 가지고 있는 수가 많다. 서 독일 시대에 수상을 지낸 슈미트 씨는 피아노를 전문가 이상으로 잘 쳐서 피아노 협주곡이 담긴 레코드까지 내놓았다. 지휘자 카라얀 씨는 자기 손으로 작은 제트기를 조종했다. 그의 음악에 제트기 조종에서 얻은 것이 반영되었을 것이고, 그 반대의 경우도 있었을 것이다.

무슨 일이든지 끝까지 철저하게 연구하기는 지극히 어려운 일


변화의 시대를 즐기는 생활 방식

이지만, 한 가지 일에 철저하게 집착하여 깊이 연구해 가는 과정에 얻어지는 것이 그 사람의 그릇을 커지게 하고, 다른 일에도 좋은 영향을 끼칠 것이 틀림없다.

최근에 이르러 기업이 사원의 취미나 특기에 주목하기 시작한 것도 그러한 점을 깨달았기 때문이다. 지긋지긋한 기분으로 일을 하고, 불만을 품은 채 타성에 젖은 나날을 지내다 보면, 아무리 오랜 세월이 지나도 자기의 성장은 기대할 수 없다. 자기가 성장할 수 없으면 인생의 참다운 맛을 볼 수 없다. 어떤 일이든지 좋으니까 "이것만은 끝까지 파고들겠다"고 할만한 일을 가져야 한다.


인생의 즐거움을 발견하는 법

# 99. 한평생 할 수 있는 '일'을 찾으라

'일만 하지 말라' 하는 말을 아내뿐만 아니라 외국인으로부터도 듣고, 익숙해지지 않은 노동 시간 단축 등에도 골몰하고 있었으나, 버블 붕괴로 어디론지 날아가 버린 듯하다. 나는 이전부터 생각하고 있었지만, 남이 시켜서 하는 일이 아니다. 일을 정말로 좋아하는 사람은 그것이 즐거우니까 마음껏 일을 하면 그만이다. 반사회적인 일이라면 또 모르되, 사람의 즐거움을 빼앗을 권리는 어느 누구에게도 없을 것이다.

미켈란젤로는 일에 미친 사람이었다. 10대부터 89세에 죽을 때까지 일을 계속해서 했다. 일을 단념한 것은 죽기 하루 전이었다고 한다. 프랑스의 화가 르누아르도 60대부터 몸이 불편하게 되었으나 78세에 죽기까지 화필을 계속해서 잡았다.

이러한 인간에게서 일을 빼앗아 버린다면 당장에 죽고말 것이다.

그렇게까지 극단적으로 되지는 않더라도 일이 삶의 보람이라고 생각하는 사람은 얼마든지 있다. 그런 사람더러 "일도 중요하지만, 놀기도 하라"고 말할 필요는 없다.



변화의 시대를 즐기는 생활 방식

좋아하는 대로 일을 하게 내버려 두면 된다. 일을 삶의 보람
으로 삼을 수 있는 것처럼 행복한 것은 없다. 그런 사람에게서
일을 빼앗는 것은 행복을 빼앗는 것이나 다름없다. 그런 일로
인해서 가족이 눈물을 흘리는 수도 있겠지만, 이것은 어느 정도
어쩔 수 없는 일이다.

곤란한 것은 샐러리맨이 일을 좋아하는 경우이다. 아무리 일
을 좋아하더라도 정년이 오면 그만두지 않으면 안 된다. 그것이
싫어서 정년 후에도 계속하려고 독립하는 사람도 있지만, 그런
사람은 대개 실패한다. 역시 조직 안에 있을 때와 외부에 있을
때와는 같은 능력일지라도 결과는 다르다.

그러므로 샐러리맨은 회사 일을 정년 후에도 계속하고자 하는
야망은 품지 않는 게 좋으리라고 나는 생각한다. 화가나 음악
가, 장인(匠人)과 같은 일은 제외하고, 샐러리맨의 일은 조직의
일부분이다. 그러므로 정년 후에 계속해서 할 수 있는 성질의
일이 아니다. 그런 일을 삶의 보람으로 삼는 것은 근본적으로
무리이다.

일류 기업의 경영자가 은퇴하면 갑자기 치매가 걸리거나 죽는

것은 삶의 보람을 상실한 데서 오는 스트레스 때문이라고 생각
한다. 하지만 그 정도의 인물이 어째서 자기의 제2의 인생을
꾸미지 못하는지 이상하다. 생각컨대 샐러리맨은 역시 타성에
흐르는 면이 있다고 생각한다. 일단 그 흐름에 몸을 맡기고 정
년까지 흘러온다. 그 때의 인상은 헤이안 시대(平安時代)의 가
인(歌人) 아리와라노 나리히라(在原業平)가 임종 때 남긴 시구와
같은 게 아닐까? '마지막 가는 길이야 진작에 알았건마는, 세
월이 그렇게 될 줄이야 몰랐네 그려.' 그렇게 되어서는 이미
때가 늦다. 역시 한평생 할 수 있는 '일(삶의 보람)'을 찾아두
어야 한다.



변화의 시대를 즐기는 생활 방식

## *100.* 경쟁에서 공생의 시대로

태평양 전쟁 후, 우리는 경쟁 원리 속에서 살아 왔다. 경쟁 원리란 약육강식을 인정하는 것이다. 이 사고 방식은 다윈의 진화론이 나온 이후 서양 문명의 중요한 가치관이 되어 있어서, 그것이 세계에 널리 보급되었다. 공정하고 적법하다는 조건은 붙지만, 경쟁을 해서 승리하는 것은 선(善)이자 미(美)라고 인정되어 왔다.

하지만 세상을 망쳐 놓은 것은 사실은 경쟁 원리가 아니었던가? 이러한 반성이 지금 전세계에서 일어나기 시작하고 있다. 왜 그런가? 경쟁은 승리하면 그만이다. 이 승리하면 그만이라는 사고 방식에 사로 잡히면 인간은 자꾸만 수준 저하가 된다는 것을 알았기 때문이다.

예를 들면 이런 것이다. 학교에서 성적이 1등이 되기 위해서는 시험을 보아 최고 점수를 따면 된다. 가령 100점 만점의 테스트에서 70점을 땄더라도 다른 학생이 거기까지 오르지 않으면 1등이 된다. 100점에 대해서 70%밖에 맞은 답이 없다는 것은 문제가 되지 않는다. 결국 경쟁 상대자와의 상대적인 관계만을 의식한 나머지 자기를 성장시키는 계기는 상실하는 것이다.


인생의 즐거움을 발견하는 법

경쟁 원리가 얼마나 인간을 망쳐 놓는가를 잘나타내고 있는 것은 올림픽 경기일 것이다. 금메달을 따기 위해서라면 "무슨 짓이든 다 한다"는 것이 지금의 올림픽 선수들이다. 페어플레이 정신 따위는 눈꼽만큼도 보이지 않는다.

올림픽은 이젠 죽은 것이나 다름없다.

경쟁 원리를 대신할 수 있는 것은 무엇일까? 최근에 나온 것은 '공생(共生)'이라는 것이다. 하필이면 경제 단체 연합회에 '공생에 관한 위원회'라는 조직이 만들어졌다. 부자·강자와 빈자·약자의 도식을 그대로 두어서는 인간 사회는 유지되지 못한다는 위기감이 나온 것이다.

경쟁이라는 것이 바르게 되기 위해서는 조건을 똑같이 하지 않으면 안 된다. 하지만 적어도 근대에 이르러 자행되어 온 경쟁은 결코 같은 조건에서 한 것은 아니었다. 처음부터 강한 자가 멋대로 원칙을 만들고, 멋대로 뜯어 고치고는 "자, 자유 경쟁이다." 하고 말한 것에 지나지 않는다.

자유 경쟁이라는 미명 아래 불공정한 경쟁이 자행되고, 강자와 약자의 격차를 한층 더 넓히고 말았다. 그런데 짓궂게도 강


변화의 시대를 즐기는 생활 방식

자를 지지해 주는 것은 압도적으로 다수에 속하는 약자이기 때문에 이대로 가다가는 강자는 자기 스스로 자기의 목을 졸라매게 된다. 그것을 깨닫고 ‘공생’이라는 것을 꺼낸 것이다.

이와 같이 강자의 ‘공생론’은 상당히 의심스럽고 수상쩍은 것이라고 하지 않을 수 없으나, 그래도 역시 이것은 커다란 진보라고 할 수 있다. 경쟁에 몰두하고 있는 한 세상에는 강자의 논리가 버젓이 통하게 된다. 그것이 또한 자연 파괴에 이어져서 지구 자체가 오래가지 못한다. 인류가 살아남기 위해서는 모두가 사이좋게 살아가는 길 외에는 방법이 없다.


인생의 즐거움을 발견하는 법